CEREAL

主　　编　Rosa Park
创意总监　Rich Stapleton
文字编辑　Richard Aslan

中文版主编　王菲菲
策划编辑　郝兰
责任编辑　郝兰
营销编辑　李晓彤
新媒体编辑　李晓彤

译　　者　张瑾
装帧设计　申亚申
封面摄影　Mark Sanders

图书在版编目（CIP）数据

谷物 . 7, 刻意疏离 / 英国 Cereal 编辑部编著；张瑾译 . -- 北京：中信出版社，2017.9（2025.10 重印）
书名原文：Cereal 13
ISBN 978-7-5086-8105-4

Ⅰ . ①谷… Ⅱ . ①英… ②张… Ⅲ . ①游记 - 作品集 - 英国 - 现代 Ⅳ . ① I561.65

中国版本图书馆 CIP 数据核字（2017）第 207185 号

谷物 . 7, 刻意疏离

编　　著：英国 Cereal 编辑部
译　　者：张瑾
出版发行：中信出版集团股份有限公司
（北京市朝阳区东三环北路 27 号嘉铭中心　邮编　100020）
承 印 者：北京盛通印刷股份有限公司

开　　本：889mm × 1194mm　1/16　　印　　张：10.75　　字　　数：150 千字
版　　次：2017 年 9 月第 1 版　　印　　次：2025 年 10 月第 16 次印刷
书　　号：ISBN 978-7-5086-8105-4
定　　价：68.00 元

序

让我早上5点上床睡觉，我会欣然接受；可若是让我早上5点起床，我只能礼貌拒绝。我从来都不是一个早起的人，我最喜欢黄昏过后的时光，而且在这段时间里效率最高。从上学开始，我就经常为准备考试或完成一个项目熬通宵。20岁出头时，我的社交生活几乎每天都是从夜里开始，直到整个城市苏醒过来才结束。即便现在，每天晚上我能在1点以前睡觉就算早了。我就是喜欢这种臭名昭著的生活方式。

所以，你能想象到，当我发现自己居然很享受悉尼的清晨时光时，感觉有多不可思议。《谷物》每旅行到一个新地方，我们的摄影师总是天亮就起来，只为捕捉早上金色的光线。而我，一般都是在头一天晚餐的时候祝他们拍摄愉快，然后在第二天早餐桌上跟他们碰面，这时候，可颂面包和咖啡已经准备停当。可是这次旅行中，我的同事们跟我说天刚亮时的邦代海滩（Bondi Beach）和冰山泳池(Icebergs Pool)绝对值得一看。当然，他们是对的。清晨明亮的光线里，我站在人行道观景台上，眼前是海滩和泳池，它们被初升的太阳照耀着，发出柔和的粉色光芒。我看得入了神。该多多早起，看看这样的风景，我想。不过，最让我惊奇的是，竟然有这么多的本地人起来了。悉尼早就醒了——游泳的，冲浪的，跑步的，做伸展运动的，遛狗的，练海滩瑜伽的，冥想的……所有人都活力十足，露着健康的古铜色皮肤，热情地投入晨练中。我是其中少数，面色苍白，体形欠佳。

还有一件让我惊奇的事，那就是很多咖啡馆6点半就开门了，而且家家都有丰富的早餐，从传统早餐到有机健康食品，不一而足。这座城市用一种微妙的方法引导你选择健康的生活。其他城市只有专门商店卖的有机健康食品，在这儿却只是平常食物。不管是叶绿素、昆布茶、白桦茸，还是蜂花粉，你在悉尼不费力气就能找到。早起、运动、吃健康食品的文化已经成为悉尼人生活的一部分，比我去过的任何其他地方都讲究。而且，出乎意料的是，我很快就融入其中。

旅行结束的时候，我感到从未有过的精力充沛，这完全归功于我在悉尼的新作息时间和清晨散步的习惯。我心里知道，一回到家，我就会前功尽弃，回到老作息。但是我会永远感激悉尼，因为它给我展示了一个快乐的光彩照人的早起者的生活是什么样的。

——

Rosa Park

目 录

伦敦，英国

III. 逃离

IV. 聊“移动”

读

Luc Tuymans的绘画作品：*Glasses*

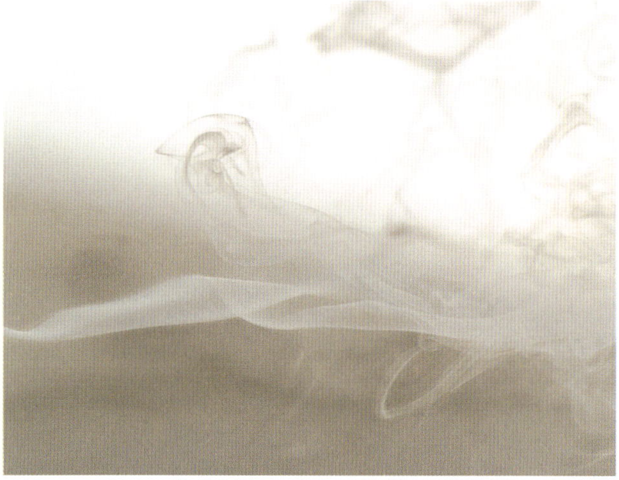

焚

Palo Santo香木净化空间

戴

Oliver Peoples×The Row合作出品的
After Midnight太阳镜

摄影：Ash James

I

艺术与设计

超越媒介

对话兰登·梅兹

More Than the Medium

A CONVERSATION WITH LANDON METZ

文字：Sean Hotchkiss　摄影：Carmen Chan

“我感兴趣的是，近距离观察生活。”兰登·梅兹（Landon Metz）说道。他坐在椅子上，弓背前倾，这里是梅兹位于布鲁克林的画室。星期二早晨的寒冷灰暗，与梅兹这间建了31年、空空荡荡的画室倒是很搭。画室的所有装饰都符合它的现代简约风格——漂白的墙壁和地板，大量绿植，一点儿现代家具，彩色大画册。工作空间很清爽。梅兹把画布都卷了起来。潜台词很清楚：他不想谈论绘画。“我想聊聊生活，它和我的工作既平行又交叉。”他露齿微笑，把长发撩到脑后，“我很想做一次松散的访谈。”

谷物：你的兴趣好像很广泛。是什么让你选择把绘画当作媒介的？

梅兹：对我来说，绘画不只是自我表达，它有更广阔的视野。我一直在想，为什么那么多的历史文化遗产来自绘画？为什么人们投入那么多热情在里面？我发现答案是，绘画是一种复杂的叙述手段。人们爱它，也恨它。它是即时的，一眼就能看到，同时又承载了现代艺术任何一种媒介想要承载的东西。我醉心于它，因为它不直截了当，在社会中处于一个不明朗的位置。我想，我也有可能成为一个声音艺术家。

谷物：是因为你也玩音乐、有做过音乐人的背景吗？

梅兹：我一直喜欢把音乐作为自我表达的一种方式。我拉过小提琴，弹过一阵钢琴，还吹过长号和喇叭。我现在还很喜欢爵士乐，比如迈尔斯·戴维斯（Miles Davis）、唐·切利（Don Cherry）。我在亚利桑那州菲尼克斯（凤凰城）旁边的斯科茨代尔（Scorrsdale）长大。那里是非常典型的美国中产郊区，不过也有点儿朋克音乐氛围，我吸收了很多朋克文化，对它很感兴趣。后来我学习电子音乐，玩过电子合成器，还在几个好玩的乐队里唱过歌。

谷物：你是怎么从音乐转到视觉艺术的？

梅兹：我一直在玩视觉艺术，视觉表达对我来说一直很重要。我从小就画画，做陶器。孩童时，我觉得亚文化最有意思——反直觉式思考，完成一件作品，展示给你的小伙伴们。那里也有种朋克文化的基因。后来我学习约翰·凯奇（John Cage），开始把音乐和艺术、艺术和哲学联系起来。

谷物：你离开亚利桑那以后都做了些什么？

梅兹：我从斯科茨代尔开车到洛杉矶，然后又北上西雅图、尤金，最后到了温哥华。我把所有乐器都留给了图克森的朋友们，那是我的一个新起点。在温哥华我和一帮艺术家住在一起，我们尝试了各种实验。

谷物：那你怎么又回洛杉矶了？

梅兹：我申请了艺术学院，可是发现自己一点儿也不喜欢那里，因此只上了两个学期。后来我在自己的公寓里画了两年，把画好的画塞满汽车，开车穿过城区，找人给它们拍照。

谷物：所以那时候你已经开始绘画了？

梅兹：那时候我感兴趣的不是绘画这种媒介，而是这种媒介是如何存在于我们的社会中的，人们怎么定义绘画是什么，或者不是什么，还有他们怎么看待绘画。我感兴趣的是，社会对于艺术怎么看、音乐怎么听的界定。我意识到自己从来都不是个音乐人，我更感兴趣的是音乐是什么，它是如何融入这个世界的，而不是它听起来怎么样。

谷物：你觉得画这些画能帮助你理解视觉艺术是如何融入这个世界的吗？

梅兹：能，这几乎就是一场游戏。我有时候觉得自己正在装作一个画家。我喜欢玩装艺术家的游戏，喜欢操纵。我真正做的是处理绘画这种媒介的文化倾向。我玩画画胜于画画本身。我不想从蓝色里面找到任何东西。我想任何艺术家都能从自己的个人历史、哲学，或者观众那里找到一些共鸣，即使那些观众不是他想要的观众。一旦你建立了自己的语言，就好像牵到了绳子的一头，想看看那头有什么动静，这就是我近七八年来寻找的东西。我创造出作品，它们一旦被人们认识，就变成了某种语言，浮到表面；然后就变成了追逐游戏，有些成功了，有些没有成功。我尽量让自己中立、开放，以看懂它们。一件作品有它自己的方向和目标，它甚至不完全属于我。我只是努力“喂养”它，让它不断朝自己的方向前进。

“我的作品中有种经济的形式，它是从我的成长环境中继承的。在那里，任何多余的信息都是无用的。一个信息如果没有用处，就可能是致命的。”

谷物：它是如何影响你作为一个艺术家的角色的？

梅兹：我想我们都有很多种角色。你走得越深，你的本性就被挖掘得越深。总是有更多的真相，但我们人类受天性所限，总想把真相隐藏起来。我们生来本是一片空白，文化、社会、家庭给了我们各种信息，创造了我们看世界的方式。这是我的“生活”，然后这是我的“生活状态”。当我想把我的生活状态和作品尽量分开时，我希望我能尽量对生活的某部分持开放态度。我很难把这个意思表达清楚，不过，它就在那儿。当你感觉到的时候，你就知道，那就是作品产生的地方。

谷物：是不是像直觉一样？

梅兹：绝对是。直觉对应智力，心对应大脑。我觉得大脑总是特别努力，想把心掩盖起来。作品产生于其他地方。

谷物：那你的“生活状态”是怎么进入作品的？

梅兹：我的作品里有某种与自然的关系。我在沙漠里长大，沙漠是一种资源丰富又经济的环境。每一滴水都比其他地方的用途更多。每一个细节都有功能，为生存进化而形成。我的作品中有种经济的形式，它是从我的成长环境中继承的。在那里，任何多余的信息都是无用的。一个信息如果没有用处，就可能是致命的。我的作品里还有某种合理性、民主意识，甚至脆弱的味道，其来自我青少年时期接触的亚文化。对我来说，它具有破坏性。

谷物：朋克是想要创造所有人都能欣赏的东西吗？

梅兹：是的。现代艺术把99.9%的人拒之门外，好像在说“你不够聪明，所以理解不了”。我真的非常反对这个。你们看我的作品越仔细，就会越有所发现。如果谁想要聊得深一些，我是非常欢迎的。

谷物：你怎么平衡结构和混乱？

梅兹：我旅行的时候，喜欢漫游。我觉得我能在欧洲或者亚洲彻底消失，变成一个完全零视觉的概念艺术家。我是个天生好奇的人，我总想摸一下这个碰一下那个，很容易分心。我喜欢做各种各样的事，读各种各样的东西。我爱设计和家具，爱摄影，爱相机，我还学过葡萄酒。我觉得我真的喜欢活着。如果没有任何结构，我可能什么也干不成，因为想干的事太多了。所以我在纽约的时候，有一个基本的生活结构，它能让我专注，头脑清醒。给植物浇太多水，它们就会被浇死。

谷物：你每天在画室里干什么？

梅兹：我在那边墙上弄了一个颜色样本陈列，一遍遍地调同一种颜色。我把它们放在一起比对，花了好几个月，直到完全满意。有几种很怪的颜色非常难调，把它们调精确很关键。

谷物：这就是你为什么只用有限的几种颜色。

梅兹：过去几年，我几乎只用蓝色和绿色，在一个非常小的色差里变化。明年，出于真实地展现事物的需要，我会加两种颜色。真实展现事物对我来说非常重要，这一点我跟约翰·凯奇和马塞尔·杜象（Marcel Duchamp）不一样，虽然他们都影响过我。我认为艺术家不可能将自我意识和个人倾向从作品中完全抹去。就连从这世界上已经存在的东西里挑一些出来，都会牵扯到体验。我想要我的作品既存在于当下，又是系统的一部分。它们既有连续性，又是其他事物的起点——建筑，观察者的观察方式，等等。所以我加这两种颜色，是为了表现我的倾向性，但是这些颜色也要和已经在运转的这个系统契合。如果我要加颜色，我需要确保这些颜色能和已有的系统和谐地交织在一起。

谷物：“舒服”在你的作品中扮演什么角色？

梅兹：我认为人类最大的缺陷就是不断想让自己舒服、平静，或者轻松。我们的大脑被训练用来掩盖那些不舒服。也许这是生存技能，每个人每天都在努力不面对某些事情。我们用iPhone逃避现实，用食物、性、酒和其他许多东西麻痹自己。我希望自己能达到某种境界，不需要那么多东西就能感觉舒服。我想诚实地展现事物，如果某件事很难或者很糟糕，我相信我们还是能经历它，让它成为过去。你不需要掩盖什么。

谷物：没错。可是我们坐在这个安静的画室里，周围有这么多美好的东西，一定有一些东西让你感觉舒服吧？

梅兹：食物让我感觉舒服，葡萄酒、聊天、有人陪伴也让我感觉舒服。我猜我是个外向的人——我从开

放、流动、与人们的联系中获得能量。从这个意义上说，我绝对是个城市青年，住在乡村我会疯掉。

谷物：可是你整天独自待在这里……

梅兹：独自在工作室工作更像是一种中间状态，我喜欢把那些看起来该收尾的事干完。

谷物：能举个例子吗？

梅兹：当你撑开画布的时候，一些图案会产生于画布背面，语言也随之产生。每个人撑画布的方法都不一样，而且每种画布的张力和紧实度也不一样。这里面能够读取的信息并不多，不过这反而使这些少量信息显得尤为突出。除了我，可能从来没有人看到过这些信息，但这依旧是一种媒介行为。我的手指因摩擦画布生了老茧。我知道画布的厚度，能预算它的拉伸度，因为我已经连续7年使用同一种10盎司（约283克）的画布了。我了解这种材料。在这儿独自工作并不是一种想孤独的行为，更像是一种想更贴近作品的行为。

谷物：你是只有独自工作时才能分辨出微妙的东西吗？

梅兹：你要是把这儿的音乐关掉，会发现这个空间里有很多事情在同时发生。管子在嘎嘎作响，经常有卡车驶过，或者有人在按喇叭。这关乎如何聚焦，找到观察世界的微妙方法。你只有允许自己后退，再后退，才能看见东西。某种程度上，一些媒介方式，或者说独处，都是必需的。作为一个人，我有力量，也有弱点，不过我觉得那是真正的作品以外的东西。可能那里面有一部分是我自己，但是作品立足的核心在我个人的局限性之外，在其他某个地方。那是另外的东西，是作品存在的基础。产生作品的地方是神圣的。

谷物：“神圣”，你的意思是灵性层面吗？

梅兹：嗯，我觉得“灵性”是个危险的词。我对于教条、意识形态，或者分享自己看世界的方式，事实上却强加了一部分意见给别人这些事情，反应都非常激烈。想要说清楚什么是灵性世界是没有用的，想要维护某种意识形态也没有用。也就是说，我觉得我说的很多话都指向同一方向。当然，那些东西是存在的。比如说，如果有人吃了某些东西，他会好像感觉到了正常时感觉不到的东西。但是我并不相信我们已经经历足够多，或者足够聪明，明白周围到底怎么回事。

谷物：那你怎么解释直觉？

梅兹：我们都有直觉，一些人擅长有，另一些人则不擅长，因为我们已经学会用一堆垃圾掩盖直觉。我觉得直觉是我们能够到达的最接近灵性的地方。

谷物：你对哲学的兴趣是从哪儿来的？

梅兹：我是个乐观的人，并且可能有人道主义倾向，不过，我看世界的方式缺少自圆其说的独特范本。从来没有一种说法能让我完全信服。我觉得，有两种接近哲学的路径：一种是将其作为一种表达和理解人性现在的状态的工具；另一种是将其看作一种方法，将眼前的一切转化成未来社会的希望，就好像在说：“好吧，这是正在发生的，那我们怎么往前走？我们怎么提供另外的可能？”前一种是比较被动的，后一种就更主动一点儿。

谷物：那是后一种更吸引你？

梅兹：是的！就是聚焦。但是“哲学”这个词对我来说有些误导。我感兴趣的是，近距离观察生活。我很好奇：为什么人们会这么想？为什么我们还是如此社会性？这种倾向从哪儿来的？为什么某些颜色和图案在某段时间特别流行，然后消失，后来又重新流行起来？就是因为这些，我才对音乐、旋律、和谐、和声结构和连续性特别感兴趣。一首成功的歌曲使用的许多手法是非常原始的。

谷物：这又是如何反过来跟你的作品产生联系的？

梅兹：我们对视觉产生兴趣的原因经常是交叉反复的。流行一阵，消失一阵，暂停一阵，这个过程循环往复。有些奇怪的原始的图案深深植根于我们的基因里，设法把它们找出来是很有意思的。音乐强迫你感受某些特别的东西，从这个意义上来说，它可能是最成功的艺术形式之一。许多时候，我们对流行音乐的否认，其实是对情感渴望的对抗。如果你把一个人关在一间屋里，让他听一首歌，然后他感受到了某些东西——这是多么迷人的一件事！这件事本质上说明了什么？说明我们已经在漫长的进化中将音乐语言存入了基因里，只是还没有唤醒它们。我喜欢做的就是把这种游戏用视觉艺术的方式展现出来。

有 意 的 疏 离

参 观 乔 治 亚 · 欧 姬 芙 的 家 兼 工 作 室

Intentional Sparseness

VISITING GEORGIA O'KEEFFE'S HOME & STUDIO

文字：Leigh Patterson　**摄影：**Justin Chung

1.“你觉得乔治亚·欧姬芙(Georgia O'keeffe)最近为什么这么火?”卡洛琳·卡斯特纳(Carolyn Kastner),乔治亚·欧姬芙博物馆馆长在夏天问了我这个问题。我们的谈话就以这样一个意外的问题开始了。这问题有点儿不恰当。乔治亚·欧姬芙是20世纪毫无争议的最伟大的艺术家之一。《曼陀罗草/白花一号》(*Jimson Weed/White Flower No.1*)在2014年卖出了4 440万美元,打破了苏富比拍卖行有史以来女性艺术单品的最高价纪录。真正的问题是重新聚焦于她的性别,女性身份是她“强烈的”美学风格和设计感的必要组成部分。

2.图片:a)欧姬芙一袭黑衣,坐在土坯客厅里,背景是一条埃姆斯长椅。b)欧姬芙在阳光炙烤的院子里跟她的狗说话,旁边的墙上挂着一具牛头骨。c)欧姬芙打开工作室的窗帘,阳光洒在一张胶合板改制的工具台上,一个回收的铝罐被当作临时画笔桶。

3.有意的疏离,对质量和功能的重视,追求简洁,自律,卡斯特纳重复使用这些词。它们是欧姬芙艺术理论的基石。这些短语也同时描述了现代主义、后玛瑞·康朵美学(post-Marie Kondo aesthete),根据语境,按惯例,它们要么是强调自我意识,要么是陈词滥调。

4.一路颠簸,到了欧姬芙位于阿比丘(Abiquiu)的家。我并没有期待被感动。我太熟悉从二维角度看这些形状和影子所代表的含义,物体摆放,层次改造。

5.“我无法以其他任何方式生活。我阿比丘的家很空,我唯一的需要就是待在里面。我喜欢空荡荡的墙。”——乔治亚·欧姬芙

6. 20世纪40年代中期,欧姬芙整修了阿比丘的房子。464平方米的院子最早是处废墟,后来慢慢变成了一个跟她以前工作的环境完全不同的场地。追溯她的作品,我们可以看到一条直线:窗外的天际线连接着她画布上的一笔一画。房里,她买了许多质量上乘的东西,都是有来头的(她的很多朋友都是设计师),空间上也有留白。她做了必要的创造。她很实际,该省就省,该花就花。

7.园艺,手工酸奶,野口灯笼,空荡荡的工作室,考尔德动态作品,嵌入式储物空间,高保真立体声音响,隐蔽线路。

8.有时候我觉得个人“审美”是现代通行货币。当我们有意识地选择简约风格时,审美就代表着自我意识,因为有太多选择是21世纪的特权。可是,谁能仲裁什么是真正美好的生活?

9.“我生在哪里,我在哪里生活,怎样生活,这些都不重要。我在哪儿做了哪些事,才是人们应该感兴趣的。”——乔治亚·欧姬芙

10.当你远离一切,眼前只有天空、石头和斜坡时,是很容易变得敏感的。在这儿我只想做欧姬芙,一个只在角落里吃早饭,晾干草药,抛弃一切期望,搬到寂寞里的人。我只是缪斯的一个化身而已。

11.室内不许拍照,于是我用手机在室外拍了欧姬芙收藏的各种石头。

12.客厅里有一把嵌入土坯墙的椅子。欧姬芙在屋子中央挖了一条窄窄的沟槽,里面陈列着一条响尾蛇标本。重新考虑你的工艺品吧。

13.“你能获得你乐于说出口的任何成就。”——乔治亚·欧姬芙

14.我在想,我是真的想过这种生活,还是只想成为那种“为做想做的事,坚定地朝着目标前进,独立而有远见”的人?欧姬芙这么美的房子,坐落在渺无人烟的地方,就像一座设计灯塔一样,却只是一个人为了远离什么又进入什么而创造的副产品。我不想住在欧姬芙的房子里,我想要的是那种对自己理想中的家非常确定的想法和远见。

15.“生命中每时每刻我都在害怕,但是我从来没有让它阻止我做想做的事。”——乔治亚·欧姬芙

——

官网:*okeeffemuseum.org*

“生命中每时每刻我都在害怕，但是我从来没有让它阻止我做想做的事。”

乔治亚 · 欧姬芙

有 机 雕 塑

影 像 志

Organic Sculpture

A PHOTO ESSAY

摄影：Claus Troelsgaard　**艺术设计：**Mathias Mons

悉尼

澳大利亚

SYDNEY

AUSTRALIA

海 上 游 泳 池

户 外 游 泳 文 化

Ocean Pools

OUTDOOR SWIMMING CULTURE

文字：Alice Cavanagh **摄影：**Carmen Chan **地点：**Bondi Icebergs Club

对我们这些澳大利亚海岸居民来说，新南威尔士海岸线上的海上游泳池是我们童年的标志物。夏天，当大人们勇敢地在海上冲浪时，我们孩子就浮在这些浅水区里，只有到饿得不行了，或者下午水凉得待不住了，才会在大人的哄骗下出水，此时皮肤早已泡得发白起皱了。我们的父母，巴不得有一会儿空闲时间，让我们自己玩“马可·波罗”游戏，或者站在水边，任由海水拍打他们的大腿，互相八卦一下这一周的新闻。

要是我妈说的是真的，那我在会走以前就会游泳了，而且一点儿都不怕水。所以从很早以前开始，这些海上游泳池就是我打发时间的休闲所在。青少年时，我跟朋友们在棕榈海滩（Palm Beach）度过了无数个周末。天刚蒙蒙亮，我们就睡眼惺忪，脸上带着潮乎乎的棉质床单压印，赶去上强尼·卡特（Jonny Carter）的周末课程。别看他听着像是一个60年代的摇滚明星，其实却是个技术过硬的游泳教练。他叫我们游啊游啊，一直游到嘴里都是苦咸味儿，感觉不到自己的胳膊和腿。我们对此又爱又恨。因为那儿有很多湿头发搭在前额，皮肤在无尽的夏日过后晒成古铜色的男孩儿。每次上完课躺在沙滩上，疲惫感都会席卷全身，即便20多年后的今天，我仍能听到海浪的声音，闻到咸咸的海水味，感受到那美好的筋疲力尽感。

作为一个游泳爱好者，多年来我一次又一次回到这些泳池。其中，邦代冰川（Bondi Icebergs）是我的最爱，但我也喜欢雷雨天里狂野的布朗特浴场（Bronte Baths）。那儿的泳池在悬崖下突出的岩石边，每隔一阵子就会有高高的海浪冲刷泳道，使训练变得惊险刺激。英国人管这个叫“狂野游泳”，我们澳大利亚人说这是“试试深浅”。

这些泳池或浴场，建于19世纪末或者20世纪初，在泳衣和冲浪文化深刻影响澳大利亚之前，它们既是大海的一部分，同时又被天然隔离开。它们保护了当时游泳生疏的殖民者免受鲨鱼和暗流的伤害，有些时候，还帮她们躲开了男人们的目光。那时候在很多场所，男女都是隔离开的，这样能保护游泳者们的隐私。库吉的麦克弗斯浴场（Coogee's McIver's Baths）曾经是原住民女人们的游泳池，到现在也依然是只有女性才能进入的浴场。

因为共同的爱好和作息，我在这些泳池里交到很多朋友。一大早，还没上班，我们就静静地挤入车里，连口都不开，赶往冰冰凉凉的、湿漉漉的岩石边，这里是治疗睡不醒的最佳场所。这些泳池和规律的游泳，成为我们生活中暂时躲开磨难和压力的避难所。通过有节奏的呼吸和稳定的游速，压力得到宣泄，身体放松下来。我跳进水里，让思绪的旋涡跟着周围的水花流走。慢慢地，我明白了，即便遇到再大的人生难题，我们都可以在畅快地游一会儿以后，与亲密朋友坐在泳道边上来场气喘吁吁的交谈，然后解决它。

如今，我已经在巴黎生活了6年，对游泳的想念还像幻肢一样隐隐作痛。生活在内陆，身体和头脑被水包围和吞噬的感觉，于我已经变成一种抽象的概念。巴黎的泳池又短又脏，充斥着呛人的氯气味儿，没有日光，全靠昏黄的条带灯照亮。我们必须得戴泳帽泳镜，没人保持在自己的泳道上，大家似乎都按“之”字形路线乱游，最后谁都游不好。

一到夏天，我的皮肤就特别渴望海水、阳光，以及刚出水时被风一吹起的那身鸡皮疙瘩。直到最近我才意识到，幼年时田园牧歌式的生活是多么的美好。如果没有第一次潜水，伸展胳膊打破水面，以及冷得一激灵时那种热烈地活着的感觉，我的记忆和自我感觉会是多么的不同。

5

“一到夏天，我的皮肤就特别渴望海水、阳光，
以及刚出水时被风一吹起的那身鸡皮疙瘩。”

现代裁缝

访帕特里克·约翰逊

文字：Alice Cavanagh　摄影：Rich Stapleton

悉尼，夏天的温度高达40℃，冬天只有象征性的6个星期，气温徘徊在15℃左右，所以当地人的着装都很轻便凉快。也因此，在我们这个剪裁设计行业非常年轻的国家，时尚制造业主要被定义为泳衣、运动服装和牛仔裤这些我们很自信的强项。

套装定制，纯手工制作，并不是澳大利亚时尚业传统的一部分。不过，悉尼人帕特里克·约翰逊（Patrick Johnson），P. Johnson Tailors设计工作室的创始人，从2008年创业开始，就致力于改变这一现状。这位36岁的设计师认为，男人应该穿得体面好看，但是意大利式贴身剪裁的羊毛西装已经过时了。他的设计适合澳大利亚人的生活方式——更轻薄的面料，更现代的色彩搭配，更宽松的剪裁。“我想要的是，柔软、天然又性感的风格。”谈到他们低调但专业手工制作的西装、衬衣和单品服装产品线，他说道：“这就是年轻人想要穿的衣服。”

约翰逊坐在他帕丁顿区（Paddington）展室的沙发上，他的朋友们都叫他“帕奇”（Patch，有“补丁”之意）。他自己就是这个低调优雅品牌的形象大使，穿着一件褪色处理的小立领牛仔衬衣、一条宽松长裤，裤子面料是索拉罗（Solaro），一种羊毛、丝、麻混织的精纺棉布。据说这种面料最早是由英国人织出来的，为了适应印度的气候。约翰逊对它进行了改良升级。“这样我们就有了一种更轻便的面料，时间越久越漂亮，还非常柔软，手感好。”他说着，手指轻轻拂过面料。

在伦敦切尔西，约翰逊在中央圣马丁学院罗伯特·埃米特（Robert Emmett）的指导下开始学习男装，这是他职业生涯的开始。与埃米特的相识让这个20岁出头的小伙子把兴趣从证券交易转移到了男装设计。他从底层做起，先在店里做销售，后进入产品部门，最终参与到埃米特的定制套装产品线上。那时候，约翰逊还相信这种定制生产线只可能存在于欧洲。“我记得我当时想的是，虽然我已经在伦敦从事我热爱的工作5年了，但我还是得回家，去银行或红酒庄园工作，”他回忆道，“我根本没想过，我可以干这个一辈子。”约翰逊的童年是在澳大利亚南部的一个“乡村泡沫”地区度过的，他从小到大都只穿R.M.威廉姆斯的皮鞋。（一个澳大利亚民族品牌，生产适合在牧场农村穿的皮鞋。）“我根本就不知道澳大利亚人还穿西装，我觉得在这儿根本没法穿西装。”

约翰逊和他当时的女朋友、现在的妻子塔姆辛（Tamsin）离开欧洲回澳大利亚的时候，并不知道未来等着他们的是什么。他从一个城市到另一个城市拜访客户，慢慢建立起定制服装的客户群。他从零开始，最终建立了这个令人敬畏的服装王国。目前，P. Johnson Tailors在悉尼、墨尔本、纽约和伦敦都有展室，提供预约定制服务。

展室是约翰逊的妻子设计的，她是澳大利亚广受欢迎的年轻室内设计师。每间展室都与周围独特的环境融为一体。悉尼的展室坐落在帕丁顿纵横交错、昏昏暗暗的小巷尽头。里面好像一个宽敞画廊，装着工业化的窗户，满是让人愉悦的色调。屋子中央铺着一张巴拉甘粉红长毛绒地毯，古董和定做家具混合摆放，其中有一张70年代的佛纳塞迪早餐桌和一盏莫拉诺吊灯。墙上挂着澳大利亚当代艺术家们，如埃丝特·斯图亚特（Esther Stuart）、乔纳森·扎瓦达（Jonathan Zawada）和布伦达·亨特利（Brenda Huntley）等人的作品。“在这里，人们可以放松身心，不太操心衣服。”约翰逊说。纽约的展室在春天街（Spring Street）上，有同样的好客氛围、宽敞空间、能让客人们伸开腿休息的沙发，只是外观更契合周围安静暗淡的石头。“纽约如此活力四射，我们的展室只是下面这个匆忙的城市的一处庇护所。”他说，“我们想让我们的客人们走出忙碌的都市，有一个自由呼吸的空间。”

“悉尼的展室坐落在帕丁顿纵横交错、昏昏欲睡的小巷尽头。里面好像一个宽敞画廊，装着工业化的窗户，满是让人愉悦的色调。”

要是想亲自试试P. Johnson的手艺，你得先预约。不过，他可不想搞精英主义，也不鼓励人们想来就来。“我喜欢我的客人在这里像是在零售店里一样，得到充分的照顾。我不想端架子让客人找不到——我可是澳大利亚人。”他举起手，大笑道。每天他坚持从塔马拉玛（Tamarama）海边的家里到帕丁顿的展室工作，这里平常一般都有3个女裁缝和4个男裁缝工作。

约翰逊有48个裁缝，有些虽不在展室工作，也要接受定期培训。他承认，这种培训强度很大。“很多人过不了前6个月的关。”这个严格的培训过程是维持现代化奢侈服务的保障，约翰逊希望自己能不断优化这个过程。在意大利卡拉拉工作室，制作一套定制西装需要花费6个星期左右的时间，他想加快这个速度。“在过去，传统制衣的确需要6个月，可是现在谁有那么长的时间？”他边说边摇头，“我的梦想是，只用一个星期的时间就能做出一套完美的手作衣服。我知道这个梦想能实现，只是我们还没找到办法。”

如果他的梦想实现了，相信这将对他完全不打算涉足的成衣行业造成威胁。他还没想好怎么应对这个局面，也没打算让他的顾客每人都有一堆在他这里定制的衣服。连他自己的衣橱里也顶多只有5套自做的衣服，他经常鼓励自己的老顾客把旧式样和新式样搭配起来穿。“你理解那种，许多早上，你心情很好，走在街上脑子里都在播放电影的情况吗？”他说着，若有所思，“我坐下来，跟他们聊他们脑子里的那些电影，他们在想什么，想成为什么样的人。当他们早上醒来的时候，我想让他们穿衣服的过程既简单又愉悦。”

——

官网：*pjt.com*

三个小窍门

让你打扮得漂漂亮亮出门

1. 衬衫压在干洗店的塑料袋里，穿的时候再打开，这样你穿上的时候，看起来还像崭新的一样。

2. 把西装挂在酒店的浴室里，让洗完澡的湿气将褶皱弄平。长途飞行不仅让我们缺水，也让我们的衣服缺水。

3. 带衣服以简单为主。商务旅行的时候，西装套里装上深蓝色套装，这样上衣和裤子都可以单独穿。再带上两条裤子，一条浅色棉长裤（厚薄根据季节调整），一条比较正式的牛仔裤，既能出席正式场合，又能当休闲衣服穿。

第 五 立 面

一个地标性建筑的诞生

文字：Richard Aslan　**摄影：**Rich Stapleton

悉尼歌剧院的10个大“贝壳”附着在贝尼朗岬角（Bennelong Point）上，半闭着，好像在保护它们壳里脆弱的部分，等着海浪再次冲刷。清晨的阳光反射在贝壳表面，呈现出珍珠母色。再过一会儿，它们将反射出天空和海水的色彩，最终，所有的颜色和细节都会消失，只剩下一片白色。这座建筑从每个角度看都是不同的形状，从贝壳到带刺的多肉植物，从镀金盔甲到热带水果，从爬行动物到斐卢卡舰队（尼罗河上的一种船）。贝尼朗岬角突出在植物园和环形码头之间的水面上，红色大理石覆盖其上。那个散落着牡蛎壳的潮汐小岛已经逝去，那个以名字命名岛的男人的小小砖棚也早已消失不见。他被原住民部落王氏一族绑架，作为他们和英国皇室之间的信使，奔走于英国和澳大利亚之间，最终葬在接吻点花园（Kissing Point Garden）里。后来这里建起一个半月形枪站，又发展成锯齿形的麦考瑞（Macquarie）炮台。炮台后来被夷平，成了电车仓库，后来又被夷平，变成了游客和来看歌剧的观众在热天与暗夜里的逗留之地。站在这里，可以感受湿咸的海风和炫目的灯光。

> “为这个方案提交的图纸很简单，只是一些图形。尽管简单，却是我们一再研究才定下来的。我们相信这个歌剧院能成为世界伟大建筑之一。”
>
> 《竞标评估报告》，1957

约恩·乌松（Jorn Utzon），丹麦建筑师，海军工程师的儿子。他寄来的图纸简单而干净：一个广阔的广场上有一些线条柔和的屋檐，让人联想到电路板线

路；此外还有阶梯式领奖台的侧视图和上面扬起的空白空间。一张鸟瞰图，打了阴影，旁边是精心打磨的一段文字：轻盈的悬挂式混凝土外壳强调了高原效果和楼梯建筑的特点……整个外观散发着光亮，很有节日气氛，跟周围四方形的悉尼港口建筑群形成强烈对比。他还从每个角度，用自由和流动的笔触画出了贝壳的形状。世界上没有几个建筑能这样简单几笔就勾勒出来，泰姬陵、埃菲尔铁塔也算上，每根线条都是一个音符，我们普通人也能看懂。在提交的233个方案里，约恩·乌松的这一个被公认为不可抗拒。还未踏上澳大利亚的国土，他那宽阔的肩膀、帅气的外形和优美的北欧口音已为悉尼人所熟知。在一个纸板模型前，他用稳健的手势描述他的设计：一个歌剧院看起来就该像个歌剧院，就像一个教堂就应该是个教堂。

乌松想把整个半岛变成一个不可分割的整体，深入海里。他很清楚他想要实现的是什么，可是他不知道该怎么把它建起来。他需要耐心、时间、一个全新专业的工程师团队，以及钱。他需要为从未被解答过的问题找到答案。与此同时，政府是需要结果的。1959年3月2日破土动工的时候，评估和测量还没完成，一切都还只是假设。壕沟越挖越深，越挖越宽。预算做完又推倒重做。几个星期变成了几个月，几个月变成了几年。甚至当红色大理石上已经开始浇筑台阶和平台的水泥时，乌松和他的团队还在画图纸，计算方案的可行性。问题是，怎么才能建一个水泥的大贝壳，既能够承担它自身的重量，经得起各种天气的考验，同时又看起来优雅轻便？十年过去了，问题还没找到答案。

> “我们知道还有很多细节需要批评指正，但同时我们也觉得，在这一阶段，我们已经考虑到了所有可能性，完成了整体设想。”
>
> 《竞标评估报告》

乌松最原始的素描图上描绘的是一些独特的几何图案，实际操作中，每个贝壳都需要一个独特的工程设计方案。有一天午饭的时候，乌松瞥见了一个橙子，由此，一个更妙的方案诞生了。如果每个贝壳都与一个直径75米巨大球体的外部曲线匹配，那么它们就都能用相同的组件来搭建。他的直觉被证明是可行的，从1963年开始，6年的时间里，2 194根预制混凝土柱子被特别定做的起重机安置在指定位置。但就在歌剧院外观初见雏形时，政府的善意也到头了。1965年5月13日，新组建的自由派政府失去耐心，开始质疑每一个决定和每一分钱的花费。乌松递交了辞呈，第二年的春天，他离开了澳大利亚。他深思熟虑后的内部设计方案——一个红色、金色相间的大厅和一个蓝色、银色相间的大厅，被抹去了。错综复杂的舞台器械被拆毁。“我的内部设计方案是在外部设计以前就完成了的，”乌松解释说，“它们是一个整体，无法分割。这样会毁掉整个建筑的和谐。”然而尽管多方调和，政府方面仍不为所动，他再也没有回来。

由乌松部分设计的歌剧院于1973年10月20日建成：187米长，115米宽，67米高，350千米长的拉力电缆，6 223平方米黄玉色玻璃，1 056 006块瑞典定制屋顶瓷砖，10 154个大风琴管，光音乐厅里就有2 679个座位，修建历时14年，最开始的预算是700万澳元，最终涨了1457%。

> “它将永远不会是它应该是的样子……那些妥协并不奏效。当你看雅典神庙或者玛雅金字塔时，你看不见它们真正的荣耀。不管涂多少颜料，贴多少金，都掩盖不住建筑本身的迷人之处。悉尼歌剧院也是一样，它的建筑之美令人敬畏。”
>
> 米卡·乌松·波波夫（Mika Utzon Popov）
>
> 艺术家，约恩·乌松的孙子，2016

在建造悉尼歌剧院之前和之后，乌松都设计过国际项目，比如德黑兰的伊朗中央银行（1962）、科威特的国民议会大厦（1972）。不过他的大部分作品，都在他的祖国丹麦：舞动的波浪般的巴格斯维德教堂（1976）；森林般林立的哥本哈根博森住宅区（1987）；北部西兰岛上的丛聚式庭园弗莱登斯堡住宅（Fredensborghusene，1963），好像“樱桃树枝上的花瓣，每一朵都朝向太阳的方向”。而悉尼歌剧院，比这些作品都更像赫尔辛格的克伦堡（Kronborg Helsingor）。乌松于2008年冬天在克伦堡逝世，享年90岁。在厄勒海峡（Oresund Strait）这块最突出狭窄的陆地，克伦堡，这个文艺复兴时期的杰作，在每个角度都展示了一个新的样子。它和悉尼歌剧院的共同点是都以第五立面（即在满足东、南、西、北四个立面漂亮的基础上，还有一个从上面看也十分优美的“第五立面”）为主导，初看很简单，但当你绕着它想要看全貌时，其复杂性就逐渐显现出来。

——

官网：*sydneyoperahouse.com*

日光

访飞行设备乐团

文字： Justin H.Min　**摄影：** Carmen Chan　**地点：** The Old Clare Hotel

在悉尼的老克莱尔酒店（The Old Clare Hotel）里，雨果看着天花板上的飞椽问：“我们必须得穿裤子拍照吗？”玛丽欧套房里爆出大笑，我从洛杉矶飞了15个小时的阴霾瞬间消散。飞行设备乐团（Flight Facilities）的雨果·克鲁兹曼（Hugo Gruzman）和杰姆斯·莱尔（James Lyell，简称“吉米”）从来没把他们的音乐太当回事儿，他们的标志性着装是T恤、牛仔裤和高帮匡威帆布鞋。这对音乐人完美地诠释了他们的音乐理念：游艇摇滚和直白灵魂的结合。“就好像将灵魂音乐里的恐惧一点点消除一样。”吉米解释说。

2008年，克鲁兹曼和莱尔在悉尼的DJ圈子里相识，他们有着非常相似的音乐品味。“我们总说要做喜欢的流行音乐。”吉米回忆道。后来他们一起试了几次混音，又创作了一首原创歌曲，“飞行设备”这个乐队名和图标来源于雨果过世的爷爷名下的航空公司。从那时开始他们一直在澳大利亚的夜店里巡演，到现在已经推出了第一张专辑《低调》（*Down To Earth*）。专辑一经发表，备受好评，使他们跻身于雷吉瓦特（Reggie Watts）、猫头鹰眼睛（Owl Eyes）和墨尔本交响乐团这样的著名音乐人行列。

我们在他们全球巡演快要结束的时候找到了他们，跟他们聊了聊他们音乐的演变、海滩文化的影响和他们在海外的愉快时光。

谷物：我知道雨果生在悉尼，吉米是在昆士兰长大的，你们的成长背景对你们的音乐产生了怎样的影响？

雨果：我父母都是英国人，他们的童年和经历很大程度上影响了我。我妈妈热爱洛·史都华（Rod Stewart）和艾尔顿·约翰（Elton John），拥有他们的所有唱片。她好像在艾尔顿·约翰的第一场演唱会上工作过，因此总是喜欢拿出他签名的老唱片给我看。

吉米：我们俩的家庭都热爱海、沙滩和休闲娱乐。我爸冲浪，我也冲浪，我们家离海滩只有5分钟。雨果家爱游艇，他们总是在海上，在船里。所以我们的音乐都很慵懒，那种悠然自在的音乐风格绝对是从我们根儿上来的。

谷物：从出道开始，你们觉得自己的音乐有什么变化或者演变吗？

吉米：我们的第一首歌叫《渴望你》（*Crave You*），它完成的方式和情形都很偶然。就好像我们说“我觉得这挺酷的”，然后就一直做下去了。我们到现在还是尽量按这种方式写歌，“我喜欢这一段，你也喜欢，就用这一段吧”。现在我们也更偏重于为舞台表演写歌，想看看更多的观众会有什么反应。我猜这算是一点儿演变吧。

谷物：你们觉得你们的音乐为什么能引起全球听众的共鸣？

雨果：我想我们填补了舞蹈音乐和现场音乐之间的空白，之前还没往这方面发展。我们的一大优势是可以把吉他和电子音乐、舞蹈音乐的现场因素很好地结合起来，而不是生硬地放在一起。不管是什么原因，我们找到了一个平衡，看起来还挺成功。

吉米：我们的音乐也表现了我们从小听到大的那些音乐风格。我的意思是，雨果和我都是朋克音乐的死忠党，比吉斯（Bee Gees）乐队的拥趸。把这两样放在一起，就有了《日光》（*Sunshine*）。

谷物：这次巡演最难忘的地方是哪里？

雨果：在自己的家乡演出最难忘。

谷物：为什么？

雨果：因为那是我开始的地方，也是我写了好多音乐的地方。看着自己的音乐在自己的城市产生共鸣是件很美妙的事。除此之外，我还想说最开始在意大利山区的那些演出也很难忘。

吉米：佩鲁贾（Perugia）！

雨果：那次演出的前一天，我们在罗马做了一次特别盛大的演出，比预计的演出时间延长了一个小时，不管我们喝什么，他们都给我们兑红牛饮料。第二天我们都没从头一天的激动里缓过劲儿来，演出的时候我们试着做DJ，可是特别不协调。那是在意大利山上，会场特别美。

吉米：演出前，他们带我们出去吃晚饭，每一道菜都配了不同的红酒。那都不是什么特别正式的餐厅，只算是个小红酒吧，却是我这辈子吃过的最好吃的一顿。当时我们还有点儿没从头一天的酒里醒过来，那顿饭起到了醒酒的作用，但结果是我们又喝了不少。

谷物：你们觉得旅行影响了你们的音乐吗？

吉米：绝对影响了。我们去伊维萨（Ibiza，西班牙的一个小岛，度假胜地）的时候，我用了很多house和techno乐曲元素，最后雨果说：“哥们儿，我们不做那种音乐。”（大笑）

雨果：旅行以它自己的方式进入我们的音乐，虽然某种程度上被稀释了。它可以是我们在海外听见的一首歌，决定下载下来；也可以是在任何地方都听得见的一首歌，我们却在某一个特定的地方才第一次听到。我在日本下载了很多歌，而最近我听得最多的一张专辑，是在洛杉矶的出租车里第一次听到的。有时候你得走出去，在某种机缘下遇见一首歌。

——

官网：***flightfacilities.com***

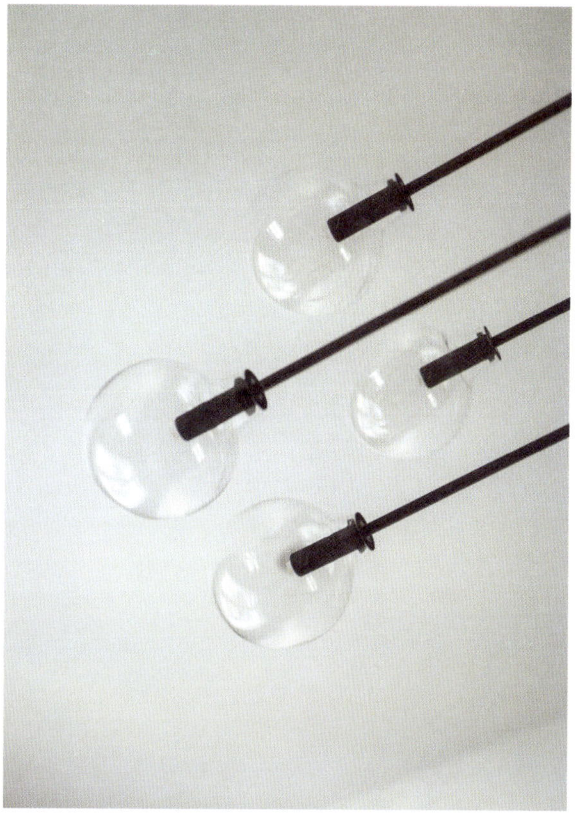

沃 根 谷

蓝山的一个周末

Wolgan Valley

A WEEKEND IN THE BLUE MOUNTAINS

文字：Justin H. Min **摄影：**Rich Stapleton

“我进入了一片欣欣向荣的树林，灰色的桉树和黑色的柏树绵延不绝，延伸了数千米。空气里是蜂蜜薄荷的香味，暂时缓解了我的饥饿感，我的精神也为之一振。”

天还黑着，我睡眼惺忪地起来，坐在床沿上，让身体里的疲惫沉淀下来。饿。我给自己冲了一杯速溶咖啡，拉上防风夹克的拉链，走了出去。一股寒气迎面扑来，钻进我的头发里，跟我打招呼。一瞬间，空气里的湿冷让我想起太平洋西北海岸，我忘了自己身在何处。几个小时以前，我不是刚刚走过库吉海滩（Coogee Beach），让阳光照得暖暖的沙子亲吻我的脚趾吗？

我的屋子下面停着辆山地车，我估计是度假村提供给我，让我在这285公顷的自然保护区活动用的。经过几分钟东倒西歪的努力，我稳住了自行车，沿着野生动物环形道骑行。这是一条蜿蜒曲折的小路，沿着岩石园林国家公园（Gardens of Stone National Park）的边界伸展开来。太阳升起来了，广阔的天地里岩石投下的阴影包围了我。沃根谷醒了。

耀眼的光线下，我已经不在一片贫瘠朦胧的土地上骑行。我进入了一片欣欣向荣的树林，灰色的桉树和黑色的柏树绵延不绝，延伸了数千米。空气里是蜂蜜薄荷的香味，暂时缓解了我的饥饿感，我的精神也为之一振。一只猫头鹰从头顶飞过。周边的颜色随着光亮逐渐增多愈加丰富多彩。盒状叶的绿荆和澳大利亚槐蓝变成了亮黄色和奶油般的紫色。

我抬头看，这难道是光学错觉？天空倒映着开花的灌木，整个大地都披上了一层缥缈的紫水晶色。地上的雾气笼罩了一切，我分辨出一群袋鼠的影子，它们静悄悄地四处张望，游荡着。我接着骑，开始习惯沃根谷里的野生动物。旅游业直到2009年才来到这个山谷，这片土地上的大部分地区还未有人涉足。土生鸟类和哺乳动物依旧茁壮成长。作为澳大利亚第一个碳平衡保护区度假村，One & Only仅容纳至多90位客人，其餐饮、住宿等设施仅占用自然保护区百分之一的土地面积。

东面，太阳越升越高，蓝色和紫色被赤红色和金色所取代。我刹住车，霎时间觉得自己非常渺小。头顶是巨大的塔状砂岩，如巨墙般耸立着，山谷两边并列平行的陡峭山崖和蜿蜒曲折的谷底平地很不协调。我想，1836年查尔斯·达尔文用“被巨型砂岩环绕的大峡谷”描述这一地区时，是不是也有同样的感觉？显然，我并不是第一个在此闲逛的人。让我们看看这个峡谷的历史发展脉络吧。最早居住在这里的是澳大利亚原住民，后来欧洲人在此安顿下来。19世纪20年代，沃克家族将这里作为沃乐旺庄园（Wallerawang Homestead）分站。最近阿联酋在这块旧址上重建了沃克庄园，很多地方还能看出早期定居者使用的痕迹。庄园里的别墅都是按照澳大利亚乡村的建筑风格，用本地沙石和木料修建而成。

我下了车，环顾四周。目之所及都是沃根谷——26千米长，7千米宽——远处是更大的蓝山山脉，犹如巨大的栅栏一般一字排开。

我记得从悉尼开车到沃根谷只需要几个小时，但却感觉这里离现代化大都市无比遥远，这里完全是另一个世界。这个峡谷的迷人之处就是，它静谧、遗世独立、纯净的美。笑翠鸟的叫声取代了汽笛和汽车喇叭声，沙石断崖取代了摩天大楼，满天繁星取代了荧光灯，时光不紧不慢，向前移动，我终于能深呼吸了。

——

官网： *oneandonlyresorts.com/one-and-only-wolgan-valley-australia*

II

风尚

泳 衣

精 选

Swimwear

A CURATED SELECTION

摄影：Mark Sanders　**艺术设计：**Alison Elwin
化妆：Lyz Marsden for Sisley　**模特：**Rachel Umunna from Zone Models

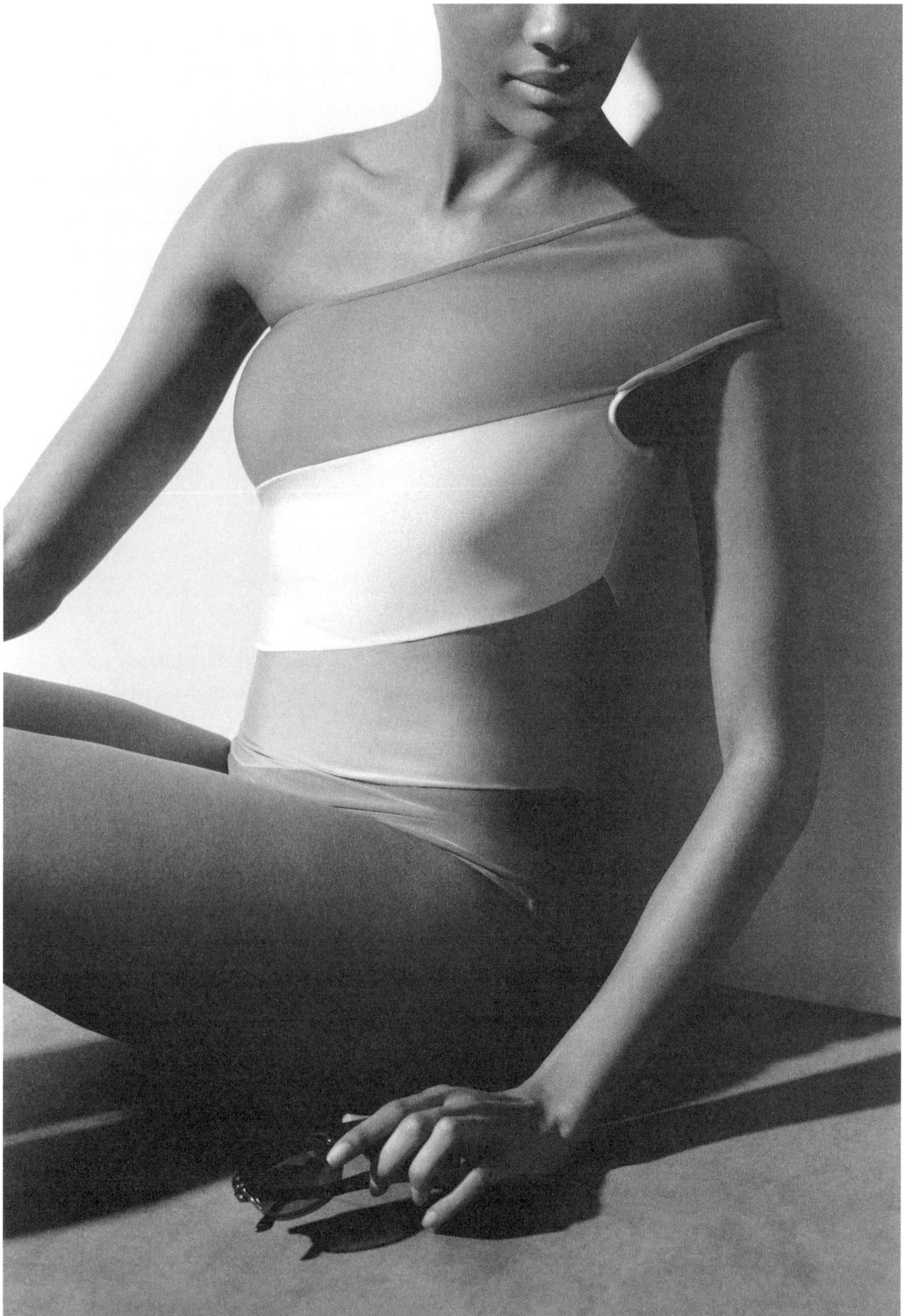

前页
不对称连体泳衣 ADRIANA DEGREAS
太阳镜 OLIVER GOLDSMITH

本页
比基尼 WEEKDAY
萨凡纳舞蹈毯 HERMÈS
Raoul De Keyser: Drift（DAVID ZWIRNER BOOKS 出版）

对页
黑色泳衣 ACNE

本页
白色比基尼 ACNE
太阳镜 THIERRY LASRY

下页
凯特泳衣 HERMÈS

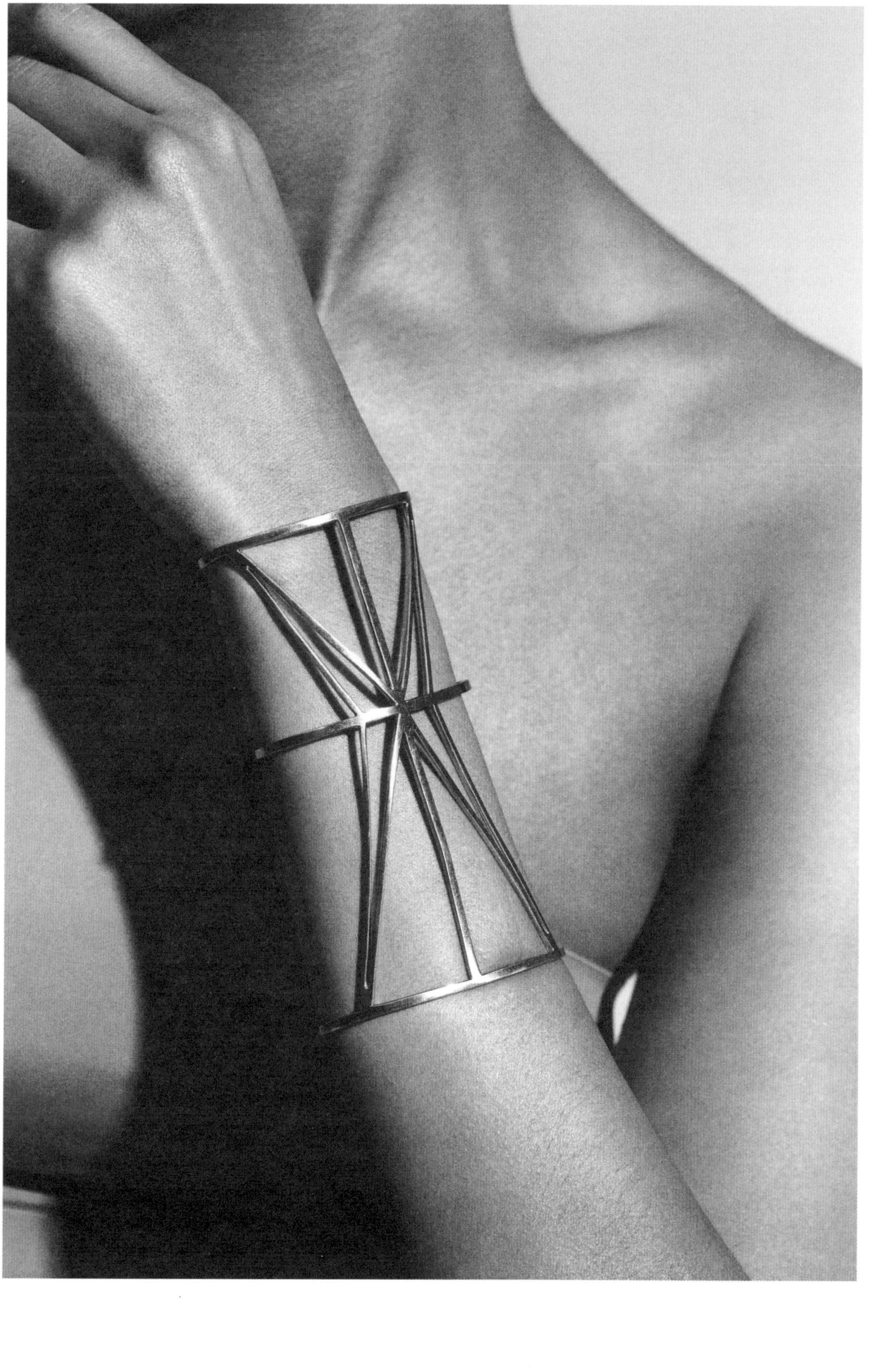

前页
护腕 EDGE OF EMBER

本页
束带比基尼 HEIDI KLEIN

对页
黑白泳衣 PRISM
奥莱龙腰带 HERMÈS

Loro Piana
STORM SYSTEM®

专业与优雅

与皮尔·路易吉·洛罗·皮亚纳一起航海

Technical Elegance

SAILING WITH PIER LUIGI LORO PIANA

文字：Rosa Park　**摄影：**Rich Stapleton

我们的船乘着轻柔的海浪离开了切尔沃港，加入了前面参赛的赛艇中，撒丁岛的阳光照耀着高扬的风帆。我深吸了一口咸味的空气，努力寻找“我的歌”（My Song），那是皮尔·路易吉·洛罗·皮亚纳（Pier Luigi Loro Piana）的帆船。我看见那艘白色帆船上的船员们，正穿着与船相配的同色棉Polo衫、米色短裤，调整索具。这画面以第勒尼安海（Tyrrhenian Sea）做背景，恰好诠释了洛罗·皮亚纳的品牌哲学：创造美丽优雅又舒适实用的服装。

谷物：你是怎么爱上航海的？

洛罗·皮亚纳：从孩提时代开始，我就热爱海边，不过18岁时才开始航海。我父母的一个朋友邀请我同他一起从菲诺港（Portofino）航行到埃尔巴（Elba）。我告诉他我什么都不懂，他说别担心，他会教我。随后我们乘着他的船出海了，巡航中，我很快就爱上了航海。我喜欢跟风和海浪打交道，这是一个全新的维度。从那时开始，我常跟一些朋友一起航行，后来还去卡普里（Capri）上了航海学校。我上了15天高强度的学习班，每天上8小时的课。我意识到航海和开车没什么本质区别，这标志着我真正开始了航海这项运动。

谷物：在你看来，什么让航海如此特别？

洛罗·皮亚纳：航海跟其他使你和自然融为一体的运动一样，要求你找到一种顺应自然的方式，而不是跟它对抗。在海上，你得适应天气和其他因素，你没办法打败它们，因为自然永远比你强大。从这个意义上讲，航海是一项非常脚踏实地的运动，它鼓励我们解决问题，而我也喜欢解决问题。船是你和大海建立关系的工具。你得专心和环境保持和谐。当你在理想的天气里航行时，你也会对自己能在这么好的天气里，在户外享受纯粹的快乐而心存感激。阳光明媚，清风吹拂，你会忘了上船之前的一切烦恼与担忧。航海会把你付出的一切都回馈给你，我觉得它很特别。

谷物：你给船起名为“我的歌”，是不是跟这些感觉有关？

洛罗·皮亚纳：“我的歌”这个名字，来自基思·贾勒特（Keith Jarrett）的歌。70年代我第一次听到那首歌时，脑海中浮现出一幅一艘船在最完美的天气里航行的画面。它唤起了我对海的向往。那种感觉我永远不会忘记。所以买第一艘船时，我决定叫它“我的歌”。现在这艘船是我的第四艘，但名字一直保留了下来。这已经成了一种惯例……

谷物：那你的船以后也会一直叫“我的歌”吗？

洛罗·皮亚纳：（大笑）是的。

谷物：洛罗·皮亚纳超级帆船赛是怎么产生的？

洛罗·皮亚纳：嗯，洛罗·皮亚纳这个品牌一直与运动紧密相关，如航海、马术。因为价值观契合，这些运动的爱好者也一直跟洛罗·皮亚纳品牌保持良好关系。我们尊崇品质与传统，尊重每个人对自己选择的运动许下的承诺、做出的努力和达到的成就，珍视体育精神、公平竞争。我们尊重自然，并从中获得灵感，始终走在时尚前沿。我觉得航海是一项经典美丽的运动。在这一点上，洛罗·皮亚纳和航海很相似，它们都表现了对低调美的热爱。我也更喜欢待在乡村而非城市，我需要尽可能多地待在大自然中，航海和马术这些运动正好满足了这一点。对我们来说，主办我们自己的帆船赛非常有意义，通过做这些事，我们和洛罗·皮亚纳的现有顾客和潜在顾客有了直接沟通交流的机会。我们很享受这个过程。参与协办这些运动赛事对我们塑造品牌形象提供了无价的支持。这完全出于真诚的热爱，我和我的家人都深爱这些运动。

谷物：你曾经说过，你热爱航海是因为它既需要专业，也需要优雅，这两个词用来形容洛罗·皮亚纳的产品似乎也再合适不过……

洛罗·皮亚纳：我们一直很幸运，因为我们的原材料都是纯天然的，我们所有的产品也都是用天然面料制成的。没有什么比天然面料更专业、更优雅的了。当我们展望未来时，我们总是在寻找更好的原材料。我环游世界有一个重要的目标就是，寻找更优质的天然面料。由此，我们也正在做所有人都想做的事：创造可持续使用的产品。

谷物：旅途中你一定看过很多美丽的风景，哪一个最让你有共鸣？

MY SONG

“在海上，你得适应天气和其他因素，你没办法打败它们，因为自然永远比你强大。”

洛罗·皮亚纳：我去过很多地方寻找面料，它们有很多相似之处，尤其是道路。我常带着一个摄影师随行，他沿途捕捉我们旅程中最有意思的画面。我发现，在阿根廷、蒙古、澳大利亚、秘鲁这些地方，你可以找到几乎完全一样的道路。所以多年来，我搜集了世界上不同地方不同道路风景却似相同的照片。我很珍视这些照片，因为它们把完全不一样的地方联系在一起。至于特别的地方嘛，我喜欢戈壁沙漠（Gobi Desert）。如果你爱沙漠，那你一定要去那儿看看。另外，缅甸是一个非同寻常的地方。我们曾在缅甸的一个湖上采莲花，那儿的风景和光线美得离奇。诺曼底也是一个特别的地方，世界上最好的亚麻产自法国北部，那里美得令人窒息。我有这些不可思议的地方的美丽照片。

谷物：你用这些照片做什么？它们属于你们公司还是你个人？

洛罗·皮亚纳：有些是为公司拍的，有些是为我自己拍的。也许将来我会用它们做点什么，比如举办个展览。我想很多人会喜欢看这些非常遥远的风景，我们的原材料产地。

谷物：我是不是可以说洛罗·皮亚纳也参与了保护运动？

洛罗·皮亚纳：是的。弗兰克·洛罗·皮亚纳博士保护区是以我父亲的名义建立的保护区。他教会我们尊重自然，保护骆马。我们品牌在秘鲁投注了很多精力，以确保这种稀有动物有个美好的未来，为此我们在2008年设立了秘鲁第一个私人保护区。这个保护区占地2 500公顷，在成立4年之内，骆马的数量就翻了一番。

谷物：对自然的热爱是如何影响你的决策的？

洛罗·皮亚纳：我认为，公司有责任尊重自然，并且不遗余力地为自己的承诺负责。要是每个处在我们这样位置的人都想“我能做什么呢？我的那点努力对最终结果根本没什么影响”，那我们就麻烦了。我们必须付诸行动，不管影响力多大或者多微不足道。就拿我自己来说吧，我开电动汽车已经7年了。这似乎根本不影响大局，但它的确起到了应有的作用。

——

官网：*loropiana.com*

伦敦

英国

LONDON

UNITED KINGDOM

新路住寓所

为居住而设计

文字：Ruth Ainsworth　**摄影：**Anders Schønnemann　**艺术设计：**Nathalie Schwer

詹姆斯·布朗（James Brown），时尚精品买手店Hostem的创始人，与艺术总监克里斯蒂·费尔斯（Christie Fels），把一栋1797年修复的美丽联排别墅内部，改建成了一个安静舒适的世外桃源。这栋四层三室（卧室）的房子位于白教堂的麦德尔街保护区内，于两年前开始作为家庭旅馆营业，没有最低预订天数限制。房子分阶段进行了翻新，詹姆斯认为他们是这栋古老建筑的最后守护人。

跟这栋房子的前几任所有者不同的是，Hostem对老房子的改造遵循了尽量保留原貌的原则。房子内部保留了原有的格鲁吉亚建筑结构，但在空间感觉上又按照现代理念设计。房间采用了更开放的设计，麻布窗帘和百叶窗很好地将白教堂区喧闹的街市阻隔在外。房子整修结束时，将它变成一间客栈的想法应运而生，他们决定将它开放给前来的客人。"一切都自然而然地发生了，完全没有赶时间。"克里斯蒂解释说，"多年来我们一直在为朋友、客户和设计师订酒店，所以也许潜意识里，我们在回应他们的需求。"

在新街33号，客人们可以买走他们发现的许多商品。别墅前部有一间偏室，里面有很多小东西出售，等你带回家。卧室里的诺威格（Norvegr，挪威著名凫绒被奢侈品牌）手工凫绒被也可以订购。对Hostem来说，这是一次机会，它既表达了自己的设计理念，又实现了在时尚买手店里无法实现的与客户和品牌的合作互动。客房里的家居用品由Labour and Wait（伦敦一家特色杂货店）提供，Hostem一直想找机会跟其合作；房里的艺术收藏由斯图亚特·谢夫现代艺术画廊（Stuart Shave of Modern Art）策划精选；费伊·图古德（Faye Toogood）的雕塑和不倒翁桌椅在这座18世纪的老宅里看似格格不入，却又相得益彰；由奥地利老牌玻璃制造商J&L Lobmeyr提供的精美维也纳水晶饰品，将一楼窗外柔和的日光反射到屋里；此外还有，Crane的厨房用具，Lazy Eyes的瓷器，Once Milano的床上用品，Pierre Jeanneret、Hans Wegner、Christopher Howe、Rose Uniacke等品牌的家具，以及摆放其上的Haeckels护肤品。

每一层都有一个燃木壁炉，整栋楼里虽然没有安装电视，但有Wi-Fi和高保真音响。可供阅读的图书报刊由伦敦大学国王学院的著名作家、哲学家克雷顿·小约翰（Clayton Littlejohn）特别推荐。酒窖里的藏酒由热雷米·科梅托－林根海姆（Jérémie Cometto-Lingenheim）挑选，他是詹姆斯最喜欢的伦敦餐厅Primeur的主厨。詹姆斯和克里斯蒂认为，现代人由于生活节奏过快，寻求很多表面化的刺激，容易精神疲劳，需要静修，他们想要满足、挑战这一需求。克里斯蒂这样描述道，他们想在这栋老房子里，用现代化的设计营造一种"愉快的紧张感"，唤起顾客们的好奇和警觉，让他们进入一种有意识的沉思状态。

——

官网：*33newroad.com*

前页
壁炉上面的艺术品 *Moongate (2015) by* PAUL LEE
右墙上的艺术品 *Untitled (2014) by* DAVID NOONAN

本合页
桌椅 FAYE TOOGOOD
艺术品 *Untitled (2014) by* DAVID NOONAN

对页
青铜色盘子 RICK OWENS

对页
边桌 MARTINO GAMPER
床 HOSTEM WOODSHOP

对页
玻璃制品 LOBMEYR

本页
椅子 PIERRE JEANNERET
凳子 MARTINO GAMPER
玻璃制品 LOBMEYR
艺术品 *Superautomatism XIX (2015) by* LINDER

精 华

约 翰 · 波 森 作 品

Essential

THE WORK OF JOHN PAWSON

文字：Charlie Lee-Potter　摄影：Rich Stapleton

新建成的伦敦设计博物馆（Design Museum）的室内设计是约翰·波森（John Pawson）的第一个公共空间作品。这个设计的亮相惊艳四座。我们很熟悉他的审美——直线、直角和长得不可思议的地板，就好像我们已经在他设计的建筑里转悠了几十年。然而，事实是，他的设计作品从来没有公开让人参观过，如今他能产生这么大的影响力，的确让人刮目相看。我看过很多他伦敦寓所厨房的照片，其格调非常舒缓，让我感觉我一定在这里面喝过茶。长得没有尽头的厨房台柜直伸向落地窗，以及窗外的花园就像一列高速列车冲出隧道一样，这肯定是历史上被拍摄最多的橱柜之一了。

约翰·波森说话的风格就跟他的设计一样，很少用形容词或副词，句子很短。有时候他会让他的同事帮忙阐述细节，或者更生动地描述他的回答。当我请他描述他自己的美学时，他简洁地说："就是约克郡（Yorkshire）风格，要什么不要什么，都很'直接'（straightforward）。再加上我父母的循道公会（Methodist）背景。"事实上，他的美学风格比那更复杂一些。材料和做工的质量不可避免地需要成本。简单和昂贵之间的这种张力，似乎写进了他所有的作品，就像他在约克郡成长的背景一样。他谈到他的母亲，说："她喜欢谦虚。她觉得就连螺纹弯头都具备诚实的品格。她从未试图影响我，不过她心里觉得我要是做点跟慈善事业相关的会更好。"至于他的父亲，他是这么说的："他是个很有活力的人，但他做什么都想做到最好。"

设计博物馆内的装潢材料，巧克力褐色皮革，白色大理石，米色橡木——都是最好的，宽敞、通风的空间给人一种亲切友好感，即这里欢迎每一个人。波森想将这个古怪而老旧的原英联邦研究所改造成一个明亮、自由开放的地方，同时保留它的抛物线型屋顶。博物馆正式开馆那天，特伦斯·康兰（Terence Conran，英国著名设计师、作家）发表演讲的时候，波森环顾四周，看着他完成的作品，满意地点了点头，说："嗯，每个人都很安静，他们倚在每层的栏杆上（共三层），好像人类壁纸一般，成了室内装置的一部分。"

波森的这个博物馆设计也招来了一些批评，一些评论家认为，内装本身太像一场展览。波森承认，他以前从来没做过公共空间的设计，他"还没准备好接受批评"。显然，他受伤了，因为他的设计初衷是"完成一个没有什么个人特征的室内设计作品"。"我不想让参观者问，'这到底是谁设计的？'这里只是一个让人们放松享受、看展，然后喝杯咖啡的地方。"他说道。

抱怨室内设计本身太像展览，恐怕不太公平。好的公共空间设计的定义就应该包含场面感，人们应该喜欢在里面逗留，欣赏它的质地，它不是一个简单的陈列展品的容器。我第一次参观这家博物馆的时候，很享受那种楼上楼下转来转去，每张椅子都坐一下，看其他人做同样的事。我根本不觉得来这儿就一定要看真正的展览。这家博物馆尽管中庭空间巨大，细节却都很人性化。一排排从地面往上排开的长椅，有着米色橡木基架和真皮坐垫，邀请参观者们停下来，坐着休息一会儿。楼梯上盘旋而上的扶手如丝般滑过指尖，扶手的高度是波森不想却不得不考虑的安全因素。栏杆旁边的窗台连续不断，正好够放书或笔记本电脑。波森承认道："我很惊讶我们能被允许实现这么多的细节设计。壁脚板，木镶板，皮革，人们来了就不想走。抱小孩儿来这地方再合适不过，妈妈们可以坐在台阶上给孩子喂奶，我看见过有人在长椅上打盹儿。"

除了我后面的一对参观者在楼梯上抱怨"这儿空间太大，地面却没多少"，大多数参观者似乎都对真皮坐垫和大理石长椅很满意。正如波森所说，整个建筑都在表达"用我吧，坐下来休息一下"。而且，很少有这样的公共建筑，让你身在其中完全不需要找方向。"我想让人们不需要问，就知道自己要去哪儿。人们本能地就知道该上楼梯了。"

"本能地上楼梯"的感觉，人们在参观邱园（Kew Gardens，英国皇家植物园）时会有，看到波森建在湖上的曲线人行桥萨克勒桥（Sackler Crossing Bridge）时也会有。这是典型的波森风格，曲折的人行桥浮在湖面上，桥下仅够鸭子自由游过。看到波森花10年设计完成的德梅耶尔平底锅（Demeyere Saucepans）的照片时，我忍不住想伸手摸摸锅体和手柄的连接处，是不是像看上去那么完美光滑。简洁的设计和克制的审美确实是为功能考虑，可是人们还是怀疑波森是不是在故意捉弄他们。"人们问我，'你真的在这样的家里生活吗？'这问题非常怪，就好像我在外面设计这些简洁的建筑，然后突然回到堆满杂物和沙发的家里一样，就好像我有一个秘密生活。人们对我说的第一件事就是'你肯定不喜欢我家'。可是我并不觉得有好品味和坏品味之分，我没有义务兜售我的设计，我只是喜欢这样的空间，并在里面感到非常愉悦而已。"

波森的新作包括最近刚完工的威尔士乡村的生活馆（Life House），由生活建筑（Living Architecture）公司委托设计，可以租赁。根据生活建筑公司网站上的介绍，整栋建筑是"一个隐藏在山上，用来冥想的居所，人们可以在空旷的隐秘地带躺下来，净化心灵，锻炼心智，专注于真正的精华。"我根本想象不出来波森能设计出这么一个隐秘而偏远的住所。他天生是个群居动物，热爱丰富多彩的伦敦。他特别喜欢城里的一种地方——我完全猜不到——地下空间。"我爱地下空间，我是很晚才开始喜欢地下的。现在我有一张通票，我乘坐地铁去哈默史密斯（Hammersmith），我喜欢那些无隔断的新车厢。我可以坐在里面，看全车9节车厢沿着地铁线路曲折前行。"也是，波森本就是以进口15米长的木地板闻名设计界的，他总说他"最喜欢细长的东西，越细越长越好"。这么说来，没有什么比地铁里的长车厢更讨他欢心了。

——

官网：*johnpawson.com*

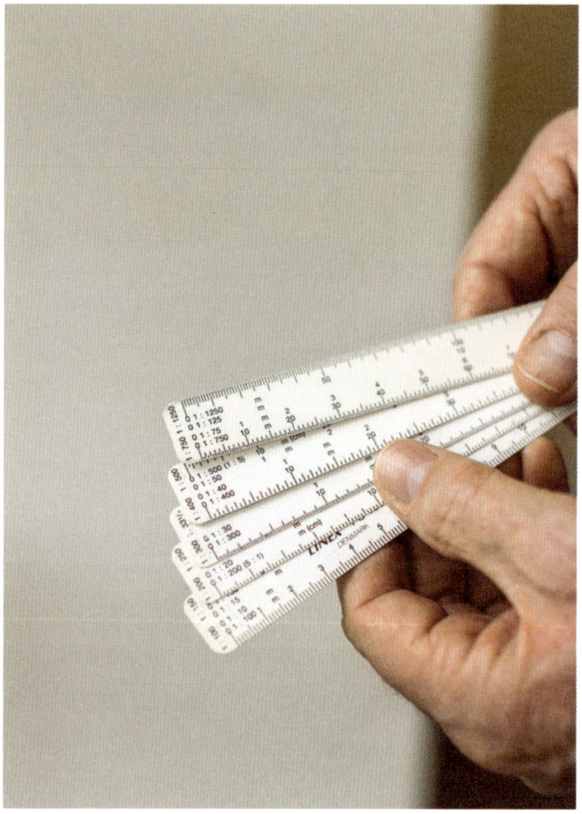

John Pawson
Unit B 70–78 York Way

城 市 即 花 园

绿 色 伦 敦 颂

文字：Richard Aslan　插画：Thomas Pullin

伦敦是一部机器，由玻璃板、亮闪闪的铬合金、光亮的黄铜和钢装配，上满了油，高效无情地运转着。它是一本讲述国家命运的历史书，被打包进集装箱，漂洋过海。历史写在灰泥和砖瓦上，写在圆屋顶和尖屋顶上，写在柱子和额枋上。伦敦也是裘皮和长袍，宝球和权杖，光亮的大理石。伦敦是一群人，跑向公共汽车、火车、地铁，溢出办公室、咖啡馆、商店和酒吧，踩过香烟头、黑色塑料袋和广告宣传单。伦敦是聚光灯、闪光灯、路灯和霓虹灯，是游乐场的眩光和诱人的黑暗。窗框脱落，门上贴着封条，石板路上粘着口香糖。门童，保镖，警察，买家，卖家，满怀希望的，失意落寞的。伦敦是湿滑的柏油路。

玛丽亚（Maria）住在一栋带露台的百年老屋二楼拐角，哈克尼唐斯公园（Hackney Downs Park）就是她的后花园。她发现自己每周至少去那儿一次，连冬天也不例外，有时候是出门的路上经过，有时候是回家的路上顺道逛一下。夏天，哈克尼唐斯公园是每日的欢乐所在，她到那儿放松身心，吃点儿东西，有时只是出门透透气，转一转。即使在她写作的时候（她几乎总在写作），她也从来都不孤单，公园里总有放风筝的，踢足球的，打板球的，成群的出来玩的朋友、家庭、情侣。太阳最大的时候，她眯着眼睛，透过眼睑，看到外面的世界变成一片温暖的红色。她总能找到离家近的安静角落。她在白厅（Whitehall）工作时，常去圣詹姆斯公园（St James Park），那儿离皇家骑兵卫队阅兵场（Horse Guards Parade）很近，还能看见伦敦眼。现在，她午餐休息的时候去河边，看碎片大厦（The Shard）。

阿尔坦（Altan）不再住这儿了。好几年前他就不住这儿了，这里的每条街道都是一段回忆。每周六早上他穿过熙熙攘攘的人群，找寻老面包店和深夜就已开门的甜甜圈店。现在，这些都消失了，这里卖的是手绘T恤、伦敦当

地蜂蜜、古着衣服、帽子和翻毛皮靴。那边药店楼上，是阿尔坦一个朋友的公寓。他以前跟她一块儿住，直到她搬回了伊斯坦布尔（İstanbul）老家。他屏着呼吸，走到街道尽头。那儿的伦敦场地公园（London Fields Park）一点儿没变。无论何时来到这里，他都要解开外套，在烧烤留下的痕迹和瓶盖之间的干枯草地上坐一会儿，看乌鸦们在垃圾桶里翻捡食物。即使有时时间很紧，或者他住在克拉珀姆（Clapham）、刘易舍姆（Lewisham）或卡姆登（Camden）的朋友家，他也总想办法回到这儿，在露天游泳池里游泳。就算是下雨天，或者地上有雪，他都会来，这已变成一件例行公事。他踩着冰冷的瓷砖，从更衣室冲到淋浴间，再从淋浴间冲到泳池边。他把头泡在水里以免耳朵被寒冷的空气冻僵，在水面上一米厚的水雾层里换气。在巨大的灰色天空下面这块矩形蓝色空间里，浑身湿漉漉的阿尔坦，感觉又回到了家。

公园对面那个红色的大砖房是简（Jan）住了40多年的家。邻居搬进搬出，换了一批又一批。房子越来越老，变化越来越快、越来越多，不仅是这里，还一直延伸到城市东边。她穿上大衣，戴上帽子、手套。狗狗们从厨房阴暗角落里的床上爬起来，抖了抖身上睡乱的毛，被绳子牵起来。看见阳台上的门打开了一条缝，它们兴奋地往外拽，爪子把水盆踢出去老远。栏杆后面是平行的街道和房屋之间的一大片蝴蝶翅膀形状的绿地，公园就等在后面。狗狗们涌进开着的公园大门，她看着它们，拽着绳子的手插进口袋里。它们朝着水塘的方向嗅着，它们常在那里吵嚷着争抢昨天剩下的面包屑。狗狗们踩过破裂的水泥地面，路过户外健身设备。路上除了一个骑自行车的，其余的都是来遛狗的，她碰到两三个熟面孔，点了点头，狗狗们也摇了摇尾巴，算是打过招呼了。他们继续走着，穿过树下，走过网球场，朝着梅斯布鲁克街（Mayesbrook）的娱乐场所走去。

厄恩（Erne）不是这儿的人，但他自打这儿像个村镇时就住在这儿了。他可以打开前门，想朝哪儿走就朝哪儿走，而且很快就会被绿色包围：米尔菲尔德公园（Millfields Park），斯托克·纽因顿公共绿地（Stoke Newington Common），巴特菲尔德绿地（Butterfield Green），阿布尼公园（Abney Park）。但他大部分时候去的是克利索尔德公园（Clissold Park），那儿虽小，但是沿路有长椅，可以坐着聊天。对他来说，有地方逛逛、会会朋友很重要。春天和夏天，他经常在那儿待一整天，画素描，做白日梦。他会带上自己的午餐，但大多时候他更喜欢和朋友一起吃。最好的时光是，朋友叫上朋友，大家聚在广阔而干净的天空下来场即兴野餐，最后变成一个大派对。他来这里是为了人，在这儿他唯一想念的是海。伦敦的每个角落都生气勃勃，而且到处都是树。

太阳还没升到雅子（Masako）从她旺兹沃思路（Wandsworth Road）的公寓窗户可以看见的高度。她走出门，踏入清晨凛冽的空气里，呼出白气。她把钥匙放进带拉链的屁股裤兜里，走下楼，在马路牙子上停下来，等公共汽车穿过十字路口。她大步走上皇后镇路（Queenstown Road），从火车道下穿过，绕过急匆匆上班的人群。路向右延伸，她有规律地呼吸着，在十字路口第二次停下来，然后逆时针绕过皇后广场（Queens Circus），穿过威尔士亲王大道（Prince of Wales Drive）上黑黄相间的栏杆，走进巴特西公园（Battersea Park）。有一条很长的小路，两边都是树，落叶时节，她常跑着穿过小路，两脚踢踏着落叶。今天晚点儿她还会过来，在和平塔（Peace Pagoda）见她的教练。每次来这儿，她都要帮妈妈遛狗。不管要去哪儿，她宁愿多走一段路，也要从这里走，她想永远记住住在这儿她有多么幸运。

伦敦约有800万棵树：橡树，榉树，桦树，枫树，杨树，榛树……番红花在圣诞节前温和的灰色暗影里，早早地打开了自己的花瓣。出租车站旁的灌木丛中，蜜蜂和蝴蝶从一朵花飞到另一朵上面。荆棘爬满了铁轨，成熟的果实等着将人们的嘴唇和指尖染成紫色。红隼扑捉老鼠，狐狸追赶兔子，还有鹿和麻雀、山雀、欧椋鸟、知更鸟、乌鸦等各种鸟。飞鸟成群，走兽成伍。成百上千个公园，数不清的绿地，到处都是花园、花园、花园。伦敦是一大片修剪过的草坪，上面开满了深色的杜鹃、浅色的刺槐。伦敦是一座美丽花园。

在练功室

访阿克拉姆汗

In the Studio

WITH AKRAM KHAN

文字&摄影：Robbie Lawrence　**舞者：**Yen-Ching Lin　**制片：**Hannah Ray

阿克拉姆汗（Akram Khan）受伤了，日复一日的艰苦训练损伤了他的半月板。尽管已经不能跳舞，他的步态里还有舞者猫般的轻盈优雅。1月一个潮湿的早晨，我们在他金斯顿（Kingston）的舞蹈室里见了面，冬天微弱的阳光透过房间尽头的大窗户洒进来。他裹着一件大毛衣，戴着毛线帽，静静地站着，看着他的两个孩子——小百合（Sayuri）和凯卓（Kenzo）在空旷的屋子里欢快地跑着。阿克拉姆汗讲着一口软绵的南伦敦口音，是现代舞领域最受人尊敬的编舞和舞蹈演员之一。他最早的成就可以追溯到13岁时在彼得·布鲁克（Peter Brook）的《摩诃婆罗多》（*The Mahabharata*）中饰演角色，然而，他不管在哪里，都很谦逊。他天生就是舞台中心的人物，当他不在台上时，精力不是在家人身上，就是在朋友兼同事林茵成（Yen-Cheng Lin）身上。林茵成今天在他的工作室里表演，阿克拉姆汗身上唯一活跃的部分就是眼睛，他像鹰一样凌厉地环顾房间，将地上的划痕和林茵成的即兴表演都看在眼里。当他的眼神落在你身上时，你能感觉到这是一个怀有强烈好奇心的人。

谷物：你对舞蹈最初的记忆是什么？

阿克拉姆汗：我最突出的记忆应该是第一次看迈克尔·杰克逊的《战栗》（*Thriller*）。那天，我心里那根长大了想要做什么的弦动了一下。在那之前，我还记得我曾看芭蕾舞看得睡着了。

谷物：那以后舞蹈自然而然成了你的爱好，是吗？

阿克拉姆汗：呃，我从3岁就开始跳舞，但那时是被迫的。我不是天生的舞者，我家里人逼我参加了一个孟加拉国传统民族舞课，后来大概七八岁的时候，我又去学卡塔克舞（Kathak）。

谷物：你的家人都是舞者吗？

阿克拉姆汗：我们家每天都挤满了一堆阿姨，天知道有什么好庆祝的，反正房子里总是充满音乐。

谷物：你在伦敦长大，这座城市对你的视野有何影响？

阿克拉姆汗：特别是在青春期的时候，我对自己的肤色很敏感。在球场上，我是棕色人种；在舞蹈课上，我就变成了卡塔克舞者；在孟加拉国，我是个外国人。在我长大的地方，“现代”意味着跟BNP（英国国家党）斗争。我们面对严重的种族歧视，所以跳舞是一种逃避。我们之间有亚洲人、黑人、白人，大家都因舞蹈团结在一起。当然，还有我们爱的迈克尔·杰克逊。有一阵子我总是挠我的皮肤，我家里人以为我得了湿疹什么的病。有一天，我妈问我：“你为什么老挠自己？”我说：“我想知道皮肤里面是不是白色的。”在那之前，我所有的偶像都是白种人，如超人、蜘蛛侠……直到后来看见了迈克尔·杰克逊，我才不再挠自己。

谷物：现在的政治局势多大程度上影响了你的舞蹈？

阿克拉姆汗：我并不觉得政治对我的作品有什么潜移默化的影响，但是它以更生硬的方式进入了我的作品。它将对我们所有人产生巨大影响。政治不只是种族问题，它是人类问题。我们这一代人还不觉得自己苦，我们被视为在一个舒适的环境里长大。而我的父母曾不得不为一些东西战斗，他们争取到了孟加拉国1971年的独立。那时候，我们现在要求的自由，还不是斗争的目的。我们中的大多数人，在一个有足够食物的家里长大。当前正在发生的事情将会唤醒我们，这是一个可怕的时代。我相信，我们身处的这种不平等体系不会延续太久。

谷物：你的舞蹈有没有政治或者社会导向？

阿克拉姆汗：从某种普遍意义上讲，我的作品一直有政治导向。

谷物：你早就知道舞蹈会成为你的核心事业吗？

阿克拉姆汗：不，我不是那种从小就知道自己要干什么的幸运儿，我只知道我想像迈克尔·杰克逊那样。不过你知道的，到了某一阶段，你就会放弃追逐偶像，意识到不管你跳的是什么舞，舞蹈都是一项很艰难的事业。你得苦练，你得牺牲。我跟着彼得·布鲁克的《摩诃婆罗多》巡演，回来以后很长时间没法调整回正常的生活。我曾像一个吉卜赛国王一样环球旅行，周围全是世界顶尖演员，我去时只有13岁，回来时已经

“我着了魔，如果我为什么事着魔，那就是我的天赋所在。
一旦我迷上了什么，我的整个世界都会围着它转。”

15岁了。一切都要从零开始。那种转变是非常艰难的。在我父母的鼓励下，我又回去跳卡塔克舞。我喜欢跳舞，可是那只是因为我不想回到正常的生活。那段经历将我彻底变成了一个职业舞者。学校生涯快结束的时候，我父母参加学期末的家长会，可是学生名单上没有我。他们问为什么，我的老师说我一年没去上课了。我父母很震惊，因为我每天早上都穿着校服出门，晚上再穿着校服回家。他们让我坐下，问我过去一年都去哪儿了。我把他们领到后院的车库里，告诉他们每天早上我出了门，就又从围墙爬回院子里，在车库里待10个小时。“你在那儿干什么？”他们问道。我回答：“我在训练。”我着了魔，如果我为什么事着魔，那就是我的天赋所在。一旦我迷上了什么，我的整个世界都会围着它转。

谷物：后来怎么样了？

阿克拉姆汗：他们说：“好吧。既然你这么认真，那就跳吧。但你必须拿个学位。”我的家庭文化极其注重学历，我外公是个很了不起的数学家，所以我家里有非常浓厚的学术氛围。这对我影响很大，我从很小开始就喜欢把每样东西系统化。他们都说我继承了我外公的基因，却走了一条歪路。我开发了一个系统，把路过的人记录下来，比如他们的声音，眼睛、头发的颜色，步调。我开始对行为模式感兴趣，放学后我会去160千米以外的一所大学学习，我终于找到了自己想做的事。我接受的是传统教育，不能挑战权威，但是现代舞给了我自由的空间，我独立了。我开始寻找那些早年间就在我脑海中徘徊的问题的答案。

谷物：你在那样的新环境中是如何发展自己的？

阿克拉姆汗：舞蹈对身体的高要求对我的改变非常大。在我心中，舞蹈介于运动和艺术之间，它不只是身体的能力，你要有技巧，还要有诗性；你要有攻击性，有力度，能够讲故事。舞蹈总是在运动和艺术的双重边缘，那儿才是真正有生命力的地方。没处在这两样边缘的，都没有生命力。我觉得自己充满了活力。

谷物：你的大量作品都是与人合作完成的，是什么驱动你跟不同领域的人合作？

阿克拉姆汗：我喜欢与人合作。我只跟比我强的人合作，因为那会让我被迫进步。我喜欢和不同领域的艺术家合作，视觉艺术家关注形状和形式，作曲家关注声音和物体的律动。作为一个编舞，我寻找视觉的模式。最后，我们全都在寻找故事。所以，这种合作能让我搜集不同视角下讲的同一个故事。我正在做一个新项目，是将对当今社会重要事件的不同看法放到一起，非常有意思。我们的天赋就是我们交换信息的能力，合作就是交换，通过交换我们学习到很多东西。当我们开始筑墙时，问题就产生了，我们也不再互相学习。想到这里，我就感到恐怖。

谷物：编舞多大程度上是情感驱动的？

阿克拉姆汗：我喜欢感动别人，也喜欢被感动。舞蹈可以从情感上和理智上感动你。

谷物：感动你的是什么？

阿克拉姆汗：真相！在我们所处的世界上，还有这么美好的事，真让人意外、震惊。我想那也代表着希望。最近有一个导演写信给我，说：“现在，我们的文明失去了希望。”我回信说：“那让我们创造希望吧。让我们创作舞蹈、电影、音乐、媒体，让我们创作艺术，让我们再次燃起希望。”当你有同情心，或者与世界融为一体时，我想那就是通往希望的路。专注于现场舞蹈的简单能消除生命所有的复杂性。在几个小时内，你可以借助这种纯粹的形式专注于情感。

——

官网：*akramkhancompany.net*

NIKE

体贴的设计

与玛格丽特·豪厄尔对话

Thoughtful Design

A DIALOGUE WITH MARGARET HOWELL

文字：Lucy Brook　摄影：Jake Curtis

走进玛格丽特·豪厄尔（Margaret Howell）伦敦威格莫尔街的旗舰店，犹如走进一座寂静的大教堂一般。浅黄色木地板，柔白色墙壁，一排天窗，即使是阴天，也给室内透进足够的光线。这个由玛格丽特·豪厄尔和建筑师威廉·拉塞尔（William Russell）联合设计的旗舰店，从2002年开业起，就成了此品牌的神经中枢。从侧门进去，首先是时装周时期活跃的工作室，角落里的一扇窗户下面摆满了书，旁边坐着伸长了腿的豪厄尔。

玛格丽特·豪厄尔品牌是一座时尚殿堂，创始于20世纪70年代初期，第一件产品是豪厄尔的招牌男士衬衫，灵感来自她在跳蚤市场买的一件20年代“做工精致、舒适柔软”的细条纹衬衫。1976年，她和约瑟夫·埃泰德吉（Joseph Ettedgui）在伦敦的南摩顿街上合开了第一家店。后来，她意识到女人们经常买男装穿，于是就在80年代将品牌延伸到了女装领域。

今天，玛格丽特·豪厄尔不仅做服装，还做各种配饰、图书，以及英国设计的家居用品和家具。“生活方式”这个词虽然现在已经不那么流行了，但是豪厄尔创造的正是一种“生活方式”：为更好的生活创造的各种小物件，而不是你生活中需要的各种小物件。

玛格丽特·豪厄尔品牌以简洁、经典、上乘的面料著称，比如透气雨衣、剪裁精良的爱尔兰麻料长裤、四季宜穿的针织衫、男士衬衣。豪厄尔对细节的极致追求闻名业界，她将功能、美观、耐用和诚信结合在一起，创造了以自己名字命名的“更高级的服装”品牌。

“在工作中，我从来不对自己或自己的风格作假。”豪厄尔说。她穿着低调的灰色套头衫、黑裤子、耐克球鞋，语调轻柔，跟她的设计风格一样，周到，谦逊。

“可能是因为这个原因，我最后还是单干了。我可能很难在别人的品牌下工作，我设计中的任何一种元素，都来自我自己以及工作以外我喜欢的所有东西。实际上这就是一种生活方式，它反过来也影响了我的生活……”她笑着，指了指房子四周，“你看，这些都是其中一部分。”

玛格丽特·豪厄尔1946年出生于英格兰南部城镇萨里（Surrey），她从小就喜欢英格兰乡村。现在，她一半的时间住在伦敦南部，一半的时间住在萨福克（Suffolk）的乡村别墅。豪厄尔家共有三姐妹。“我们小时候自己做微型小花园，用七叶树做家具、鞋盒做小剧场。”她温和地笑着回忆，“我以前喜欢刺绣和画画，还在我们那儿的小型展览上得过不少小奖呢。”60年代末她搬到伦敦，1969年从金史密斯学院（Goldsmiths College）美术系毕业，就是在那段时间，她在跳蚤市场发现了那件细条纹衬衫。1970年，她开始在家里工作，设计和制作自己的配饰。同年，她手工制作的纸模珠串首饰被*Vogue*杂志选中并进行拍摄。

伦敦是创新和改革的枢纽，60年代风起云涌的文化运动，尤其是建筑和画廊文化，渗透进了豪厄尔的血液。

“伦敦有那么多不可思议的博物馆、画廊和音乐厅，这是座有着深厚文化底蕴的城市。”她回忆起自己做学生的时候，常常一连几个小时看凯瑟琳·赫本（Katherine Hepburn）的电影，当时那里还叫“国家电影院”，现在已经改名为“英国电影协会”；她还记得自己成年后再次参观皇家节日音乐厅的喜悦，尽管她小时候曾跟父母参观过。

但是“我真正热爱的是这座城市里的生活，也正是这种生活影响了我的作品”。她说着，列举了泰晤士河上各种建筑风格的大桥，来自世界各地的美食、鲜花，服装市场，当然，还有长期影响她生活的大大小小的公园。

她说，她并不擅长从其他人那里寻找灵感，但是早年间，她仰慕赫本、伊夫·圣洛朗和简·柏金的招牌牛仔裤、T恤和匡威鞋。她从“那些强壮的、长久劳作、穿着实用服装、将袖子卷起来的女人”身上寻找灵感，比如英国先锋女飞行员埃米·约翰逊（Amy Johnson）和艺术家芭芭拉·赫普沃斯（Barbara Hepworth）。

“这些服装背后有某种平等的概念，”她说，“我从男人、女人的身上都感受到了这一点，男人的服装更实用，所以更容易引起我的兴趣。我设计女人的服装时也将实用性考虑在内。”

是什么让她设计的服装经久不衰呢？

“噢……天哪！”她大笑。

“我的服装是实实在在的衣服，其中还有一些现代元素。不过我觉得，喜欢我的品牌的人是那些知道自己想要怎么穿的人。他们有主见，更独立，有着相似的生活方式和价值观，喜欢的是经得住时间考验的东西，而不是赶时髦。”

她顿了一下，说道：“我想，我设计的也许是很体贴的衣服。”

——

官网：*margarethowell.co.uk*

伦敦上空

鸟瞰英国首都

文字：Ruth Ainsworth **摄影：**Jonathan Gregson
特别鸣谢：The London Helicopter

当我们的直升机从城市边缘升空时，我看向400米下的地面。清晨的光线清冷而明亮，穿过云层照亮大地。下面各种相互连接的线条里，最先吸引我视线的是窗框反射的白色，然后我看见了红砖和棕砖温暖的色调，接着是光秃秃的树，就好像烟雾渐渐消散，越来越多的东西显现出来。在我们的正下方，是像电脑模块一般的建筑群，一大片不规则的几何图形，里面藏着庭院、公园和环岛公路等。我看见了铜屋顶上生出的绿锈，也看见了亮红色公共汽车在街道上耐心地蜿蜒前行。

我有种迫切的心情，想将一切尽收眼底，看清每一个细节。我努力扫过下面的大地，可是眼睛根本跟不上大地后退的速度，终是徒劳无功。建筑都是微型的，我的眼力无法判断距离，做出的估算都是错误的。大桥看上去脆弱得令人不安，道路看上去抽象得像素描。突然，来了一大块深绿色，是鹤立鸡群的摩天大楼，它在一片低矮中直冲云霄，将周围的一切变成了一种纹理，淡化了对比之下的巨大差异。

我研究着这广阔空间里越来越多的高楼，突然意识到伦敦不应该被叫作“一个地方”，它其实是“成百上千个地方”。你怎么可能轻易判断自己是喜欢还是不喜欢伦敦？从空中俯瞰下去，伦敦的历史在同一个时空里一览无余，新旧交融，比邻而居，好像时间根本不存在一样。只有起重机表明，改变正在发生。

KEEP
CLEAR

III

逃离

巴 厘 岛

安缦酒店

文字：Richard Aslan & Rosa Park
摄影：Rich Stapleton

印度尼西亚群岛从马六甲海峡向巴布亚山脉画出一个大大的四分之一圆。大巽他群岛散落在西面，将印度洋和浅浅的爪哇海分割开来，小巽他群岛像菊花瓣一样分散在东面，如龙目岛、松巴哇岛、弗洛雷斯岛、帝汶岛，巴厘岛坐落在它们的交界处。这些岛屿都有漂亮的海水和金黄的海滩，覆盖着茂盛的热带植物，棕榈树高高耸立着，肥沃的火山灰土壤从海边一直延伸到阿贡山顶。山顶火山口上的巴杜尔湖常年云雾缭绕。对巴厘岛居民来说，那是梅鲁（Meru），是宇宙的枢轴。在这里，摩诃婆罗多的故事已经与当地传说混在一起，流传多年。后来，一座座佛塔在爪哇王国拔地而起，可巴厘岛人依旧坚持信奉印度教，遵循传统生活方式，膜拜毗湿奴，用恒河为他们的河流命名。一千年过去了，他们依旧像旁观者一样，任由远处的尖塔装饰着天际线。

在巴厘岛，孩子出生以前，母亲要蹚进齐腰深的河水，让水里的鱼来预示孩子未来的人生方向。女孩子出生42天时，父母会让小鸡和小鸭在她的“天眼”上啄米，由此来教她要像小动物一样用自己的双手生存；3个月大的时候，她的脚会第一次踩在地上，父母会用装饰了茄子的衣服将恶灵赶走；再过一阵子，她要剪头发，剃头是为了净化她的灵魂；而为了让她更有女性气质，她的牙齿会被磨平，这样能够避免她沾染上那些动物性欲望，比如贪婪、愤怒、情欲、酗酒、忌妒和迷惘；等到结婚，她生命的车轮又转了一圈；当她去世时，村里人会聚在一起，看着她的遗体被放进一个装饰好的塔里。从尖塔、柴堆、沟壑、稻田到喧嚣的登巴萨，巴厘岛人用宗教舞蹈记录人生的里程碑，间或穿插着热烈的庆祝活动和日复一日的沉默。

——

官网：*aman.com*

安缦达利

我对巴厘岛的完美想象在安缦达利实现了，这让我有点儿罪恶感。安缦达利（Amandari）度假村是一个古老村庄的一部分，四周环绕着茂密的热带植物。度假村里，一部分房子依旧是宗教祭拜的场所，虔诚的唱诵声回响在两墙之间的人行道上和四面通风的别墅里，随处可见的鸡蛋花树花香四溢。晴天，阳光从大堂的屋顶天窗倾泻下来；雨日，雨水从这里急促滴落。我们的套间里有自己专属的游泳池和花园，舒适安逸，像是离家万里的另一个家。

安缦奇拉

安缦奇拉（Amankila）无论从哪个角度看都令人震撼。宁静简洁的几何形主体安于岛上一隅，远处，雄伟高耸的阿贡火山作为背景。日出时分，我漫游在黑色的火山沙滩上，海滩上只有另外两个客人。曲折腾空的花园小径伸向远方，当地人的高脚楼在棕榈树和灌木丛中若隐若现。三层的无边泳池是模仿巴厘岛上的梯田设计的，直深入波澜壮阔的龙目海峡，令人啧啧称赞。

安缦努沙

从登巴萨机场开车15分钟，就到了安缦努沙（Amanusa）。安缦努沙既有种意大利式的优雅，又有种巴厘岛式的热情，两者相得益彰。我在喷泉清凉的水雾中舒缓下来，眼前是巴厘岛国家高尔夫球场修剪整齐的球道。我在太阳初升时出来吃早餐，阳光照亮了露台，给桌椅都镀上了金边。香蕉面包近乎完美——不太甜，绵软度刚刚好，上面抹着黄油，我几乎天天都要吃上一块，回到家后我还经常想起这个细节。

斯 里 兰 卡

锡 兰 茶 道

Sri Lanka

WITH CEYLON TEA TRAILS

文字：Sheila Lam　摄影：Rosa Park

斯里兰卡风景广阔，其历史可回溯到公元前5世纪，最早的居民从北部向南迁入这个泪滴形状、位于南亚次大陆以南印度洋上的热带岛屿。1948年，当时还叫锡兰的斯里兰卡获得独立，但近150年的殖民统治给这块土地留下了无法磨灭的印记。1824年，一株茶树被偶然从中国带到这里，英国人从此发展起了这个如今有15亿美金规模的茶叶出口业务。19世纪60年代，斯里兰卡成为世界上最大的咖啡产地。一个叫詹姆斯·泰勒（James Taylor）的苏格兰人开始在他的咖啡种植园里试种茶叶，当时没有几个人注意他。可是约10年后，岛上欣欣向荣的咖啡被一种叫咖啡锈菌（*Hemileia vastatrix*）的植物真菌毁之殆尽，岛上的种植园主们纷纷开始种植茶叶。今天，斯里兰卡已经成了茶叶的代名词，泰勒也被追认为锡兰茶的先锋。

早上，当人们打开自己的咖啡机，或是去街角的咖啡店喝一杯时，我坐下来，面前放着一个茶壶和一个杯子，杯子里是脆弱的干茶叶。作为一个喝了一辈子茶的人，造访世界上最著名的茶叶产地是一件非常美好的事。尽管这个国家经历了25年的内战，但我从去过那里的人口里，听到的全都是溢美之词。这本应是一次轻松的旅行，我们却在一开始就经历了32个小时的艰苦行程，才到中央省努沃勒埃利耶（Nuwara Eliya）的哈顿（Hatton）。不过，一到达茶叶之国，我们所有错位的记忆都消失在遥远的回声中。当汽车在通往锡兰茶道邓凯尔德庄园（Dunkeld Estate）的卵石路上慢下来时，我沉重的眼皮和身体开始兴奋起来。我走下车，伸展一下双腿，将海平面以上1 250米的厚重空气混着清冽的露珠吸进肺里。我旅途劳顿的双眼苏醒了过来，眼前，一轮满月挂在如画的卡斯尔雷（Castlereagh）保护区山边。

邓凯尔德小木屋坐落在人工湖西侧苍翠的丛林中，是保留至今的五个殖民地时期的种植园之一。我在詹姆斯·泰勒曾经住过的房子里睡了个好觉，5点半就起床去看日出。作为一个夜猫子，单单早起对我就是一项挑战，可是当我们爬上山顶时，所有的困倦和不情愿都消失了。在这么高的地方，斯里兰卡的热带湿气和30℃的高温闷热被缓解了。雨季刚刚结束，这是哈顿地区典型的微风和温暖的阳光。俯瞰草木葱茏的庄园和水库，我感觉自己像刚刚实现了愿望清单上的一个梦想一样充实满足。

每天早上，我们都徒步去种植园里的不同制高点。早起对我越来越容易，最后一天早上，我们路过一棵非洲合欢树时，那缓慢、静谧、电影一般的景色几乎让我掉下泪来。我的胃口特别好，早餐在主楼里已经备好。在传统的斯里兰卡椰子煎饼、香喷喷的鸽子豆汤和北美早餐间，我毫不犹豫地选择了斯里兰卡早餐。

尽管我来之前做了很多关于茶叶的功课，但是跟着种植园主人和经营者们正式参观时，我还是了解到了许多新知识。近距离观察茶叶的制作过程于我是一场全新的体验，走的时候，我得到了一小包“银尖”——最嫩的茶叶尖，每天现采现加工包装。现在，我正用泡茶杯泡茶，看着卷曲的茶叶在水中慢慢舒展开，每一片手工采摘的茶叶都与历史有着千丝万缕的联系，我再也不会把喝到这么好的茶想作理所当然了。

——

官网：***resplendentceylon.com/teatrails***

“俯瞰草木葱茏的庄园和水库，我感觉自己像刚刚实现了愿望清单上的一个梦想一样充实满足。”

IV. 聊“移动”

IV. On the subject of

MOVEMENT

海洋

The Sea

by Ruth Ainsworth

我爱人告诉我，只要我一到海边，他就得让我一个人待着。在冬天的彭布罗克郡（Pembrokeshire）北部海岸徒步时，我们走进了第一个看见的山洞里。海浪温柔地拍打着卵石，我完全被吸引了。那天特别平静，海水像湖水一样清澈平稳。我跳下水，想用相机捕捉这份宁静。可是那时我们才刚开始徒步，还没走多远，得继续赶路。我只好匆匆离开。

很多人都热爱海洋，看到海浪的波动就忍不住要用机器记录下来。也许是因为海是如此无边浩大而又无所不包，以至于它可以容纳我们对生活、对美、对任何事情的任何理论。海洋能帮每个人找到问题的答案。

古往今来，海洋被各种艺术理论或文学不断重新诠释，人类对海洋的想象和解释就跟海浪一样经久不息。我热爱的很多文学艺术作品都与海洋有关。有时，我觉得自己很幸运，能够站在海边，看海潮涌动。当我不在海边时，这些作品总是一次次将我带回到它身边。

我记得GCSE（General Certificate of Secondary Education，普通中等教育）地理学里讲过，海浪的形成是一个非常单调的过程。讽刺的是，它是我最热爱的海洋特质。海浪日复一日地拍打着海岸，这单调的画面对我来说却近乎完美。

我发现在这篇文章里，我用了几次“单调的”这个词。于是我去找了一下它的同义词：枯燥的，重复的，同样的，不变的，日复一日的，平淡的，无所事事的，无色彩的，缺乏特色的。这些词几乎都以一个温和的令人回味的后缀结尾。它们像一首完美的拾得诗（把现成的散文词句重新组合成诗的形式）一样击中了我（我是个艺术教育的受害者）。这些像海浪一样重复的词语，只有细微的差别，我觉得它们非常美。

我上网简单查了一下资料，弥补了一下知识上的不足，发现海浪分为建设性海浪和毁灭性海浪，有些塑造海岸线，有些腐蚀海岸线。这些海浪最终都是永恒的变化的一部分，是我最着迷的海的一部分。在海洋的律动里，我们认为它象征着我们生活中抒情的或者单调无聊的部分，最终都变成中性的：同样的，无色彩的。它听起来像是对沉闷生活的颂歌，同时也是迷人的，它意味着平静。

我最早喜欢的一部文学经典《海浪》，作者是弗吉尼亚·伍尔夫（Virginia Woolf），她将开阔的海洋放进了短小的句子里：“小而灰的浪花，数不胜数，在我们脚下散开。”她多么生动地抓住了海洋那稳定而一致的特质。从这个角度远眺，海洋就像一个大框架，有种不变的重复的空虚。看和听海浪有节奏地拍打海岸，总是让我想起阿格尼丝·马丁（Agnes Martin）闪闪发光的作品，他的作品也总是引发我一种类似的感官反应。

打个比方说，跟维嘉·塞尔敏斯（Vija Celmins）致密的海洋石墨画的相遇，就好像在我耳边放了一个海螺。这些按照照片绘制的画作，有着无穷无尽的层次。海洋被照片捕捉一次，再被画重新诠释一次，跃动的灰色笔触里有种浓重的韵律。观看这些画作的感觉就像观看真的海洋，让我无法移开视线。它们并不是在重现海洋这一事物本身，而是在重现海洋空灵的特质。它们是用石墨一笔笔勾勒出来的，可是它们又是一块块的虚空，用单调来表现世界的无限。

比尔·博林杰（Bill Bollinger），美国20世纪60年代著名的雕塑家，他所有的作品都很优雅出色。但是让我从书店里拿起他的作品集的原因，无疑是那张他拍的大西洋黑白照片封面。布林格这张照片的特别之处是，他在陆地上认出了同样的特质。对他来说，海洋让全世界都流动起来。如果我们从一个更长的时间跨度上看我们的生活和生活里的起起落落，他这种有悖常理的看法突然就变得不言而喻了。

1974年，艺术家克里斯托（Christo）和珍妮－克劳德（Jeanne-Claude）用14 000平方米的聚丙烯材料，将罗得岛上国王海滩一个山洞里的水“包”了起来。后来很多这样的大型公共艺术作品，比如建筑、树、海岸线“包裹”，都变得广为人知。我很想在现场，看看被包裹起来的水如何在化学材料里面流动。我想象着海水下面是一个整体，海浪变得扁平。把没有形状的海包起来，多么奇怪又徒劳无功，却又大胆美妙的想法。对于克里斯托和珍妮－克劳德来说，这个项目本身挑战了公众的介入程度，这是艺术家们经常遇到的一个问题，还有漫长的准备过程，最后他们呈现给观众一个前所未有的场景。

我不太清楚我这篇文章要写到哪儿去，在《到灯塔去》（*To the Lighthouse*）里，弗吉尼亚·伍尔夫的海被解释为对无穷无尽的时间的比喻。当然，大海不是向前运动，而是周而复始的圆周运动（时间是不是这样，我不太确定），大海就是一个又一个相同的落下的消融的海浪。我翻过一本伊丽莎白·毕晓普（Elizabeth Bishop）的诗集，想看看她作品里经常出现的巧妙触感和压抑倾向会不会对我理解伍尔夫有所帮助。很快，在《想象中的冰川》（*The Imaginary Iceberg*）这首诗中，我找到了一段很有个性，完全不多愁善感，简洁并且有着完美韵律和洞察力的文字：“船转向，一个浪头为另一个浪头让路。”

陆地之上

Above Ground

by Matthew Johnson

散落

Scattered

by Sean Hotchkiss

父亲火葬之后，谢里（Cheryl）递给我一个白色的小盒子。

“给你。”她说。

她告诉我，我父亲没有提太多要求，但有一个是要我在撒他的骨灰时放詹姆斯·泰勒的歌《火与雨》（*Fire and Rain*）。不对，也许这歌是谢里让我放的，因为她对我说：“我总觉得我还能再见到他。”就像这首歌的最后一句唱的那样。

我恨谢里，所以根本没打算按她说的办。可是我又有些怀疑，也许真是我父亲让我放詹姆斯·泰勒的歌，因为这确实有点儿像他干的事。后来我就一直在纠结这事，差点儿误了渡轮。

我只知道要去岛上撒他的骨灰，其他的什么都不知道。我想，我会从酒店门口那块极好的绿草坪出发，背包里是那个白色的盒子。我会买点儿啤酒去海滩上。到那儿时应该是太阳开始落山的时候，因为那是人们通常撒骨灰的时间。时间慢下来时，行动就会变得比较有分量，至少我是这么听说的。我还从来没撒过骨灰，一个父亲的都没撒过，当然更没可能撒过我的父亲的。

我并不太了解他，他也从来没给过我机会了解。他没给过任何人了解他的机会。但这片海滩是他热爱的，他喜欢坐在这儿看船。所以我从小商店里买了他喜欢的啤酒后，用收音机旁边的免费火柴点了一根烟，沿着那条两边有高高的芦苇的路朝那儿走，蟋蟀已经开始唱夜歌了。我踢掉鞋，把东西摆在栅栏旁，走到沙滩上。

我不想为他撒骨灰，可是除了我没有其他合适的人。谢里已经和他离婚了，所以理论上她跟他没有任何关系了。他也没有其他的亲人。一年前，一个巫婆告诉我，我爷爷，也就是我爸爸的爸爸，在前面照看着我呢，确保我不会有麻烦。可是那也不能说明他能干这种事，比如给他儿子撒骨灰，或者当我弄耳机的时候帮我拿着iPod。因为到这会儿我已经决定放詹姆斯·泰勒的歌了，做完这些我就要去谢里家，告诉她她把我的生活搞得像地狱，即使不是地狱，也乱得一塌糊涂。我一定得去。

海滩上没有人，不错，因为我觉得自己挺假模假式的。在纽约的时候，每当我觉得不自在，或者地铁里有个漂亮姑娘看了我一眼时，我就假装吹口哨。我口哨吹得不好，可是弄湿嘴唇和假装使劲可以让我从当时的焦虑中缓解一下。算是一种徒劳的白费劲，或者自我保护吧。现在谁也不会对谁吹口哨了，那都是老皇历了。也许正是因为这个，当人们看见我要吹口哨时，就会转过头去。

一个老女人带着她的金毛跑过来，我使劲看着海湾，假装吹口哨。我有事要干，但我不想让她知道我要干什么。我都不知道这合不合法，要是我被逮着了，湿地委员会会不会来干涉？我想象着自己正站在一群经常来湿地的人组成的陪审团面前。“他来这儿是为了撒骨灰，”公诉人会说，“人的骨灰。”母亲们会站在法庭后面，举着牌子：“救救孩子免受骨灰污染”“救救海豚”“救救大家”。

我把一堆黑石头上的海苔抹干净，在矮厚的灯塔基座上坐下来。那些浮潜的小孩儿恐怕会嘲笑这座灯塔宽比长还要大。路过的渡轮上的人们朝它扔硬币，据说这样将来就能再回到岛上。真是胡扯，我第一次听到这说法的时候如此想道，不过我也扔了硬币，因为我还想再回来。

我把背包卸下来，放在面前的沙子上，举起一瓶啤酒，把瓶盖拧开。酒很凉，到我嘴里又变热了，因为是在海边，所以它又变咸了。我想抽根烟，可是立刻想到我没带。我父亲不抽烟，他每次看见我抽烟，都狠狠地剜我一眼，再把手举在鼻子前面来回扇。“真恶心！”他说，“你妈以前就抽烟。”我记得我一直都很难相信，我妈也抽烟。因为我妈是个大好人，大好人不抽烟。我爸喝两杯红酒就醉，他也算是好人，可是他没胆量在半夜跳桥，或者说，跳桥会让他显得没骨气。不管怎么样，我想他了，尽管我并不了解他。有一件事我很确定，那就是他要是我现在这局面，一定知道该怎么办。我爸是个有计划的人。

盒子太小了，跟圣诞树上作装饰吊坠用的盒子一样大。这么小的盒子怎么能放下一个人？太不可思议了。我打开它，里面的塑料袋胀了起来，连带着他身体的重量似乎也胀了起来。一阵微风吹过，塑料袋的一角动了。我没带剪刀，只好使劲把塑料袋撕开，慢慢地把手伸进“我父亲”里。我听见手指在里面发出的声音，这小袋子里面的就是所有的他，他的骨头、头发和皮肤，他整个人。现在，作为他的直系亲属——旧时的叫法——我的责任是把他撒开，完成他最后的心愿。我把手指在短裤上擦了擦。

然后我沿着海滩走，拿着袋子。隔一会儿我就回头看看沙地上的背包和石头上的啤酒瓶。我走到水边，大海跑进我的脚趾缝里。这感觉很美妙，我有点儿兴奋和快活，但我连烟都没抽。我把手伸进兜里，掏出iPod和耳机，将耳机塞进耳朵里。詹姆斯·泰勒开始乱弹他的吉他。

> 就在昨天早上，
> 他们告诉我你走了。

我不得不承认，这歌真合适。詹姆斯·泰勒的声音正在拨动我的心弦。我能想象他用他的男中音说："这首歌送给撒骨灰的儿子，由从未爱过他的继母点播。"

我的手伸进袋子，抓起一点儿"我父亲"，左右看看有没有人跟踪我，然后把"他"撒在海浪里。这感觉挺好，于是我又撒了点儿。我后退几步，又撒了点儿。这时候风变大了，我得站在上风口。那些一把把的"我父亲"一点儿分量都没有，我要是不小心，它们会直接飞回到我身上。

每翻一次手腕，我就跳开，免得骨灰撒到自己身上。撒，翻手腕，耳机线前后跳动着，詹姆斯·泰勒轻轻哼唱，歌声进入我的耳膜。我很小心、很小心地环顾四周，因为这儿有人，有狗，有小孩儿，有渡轮，有海岸警卫，天知道还有什么其他的。要是他们看见我跳来跳去，撒着什么，我就暴露了。他们会想，他一定是个疯子，谁会戴着耳机、跳着舞撒自己父亲的骨灰呢？还一个人，风笛呢？送葬的队伍呢？"他就自己一个人，"他们说着，还可惜地摇着头，"一个人带着詹姆斯·泰勒的歌。"

有几次我误判了风向，"我父亲"飞回到了我身上。"他"落在我的毛衣上，我抖了抖碎屑，我的手腕还在翻，我停不下来。《火与雨》变成了《甜蜜宝贝詹姆斯》：

> 走了十英里了，
> 还有上万英里在前面。

这些歌都听着很像，在詹姆斯·泰勒沉默的迪斯科光碟里无缝连接在一起，成了一个长长的和弦。而我是尘土里的跳舞女王。我撒啊撒啊，转啊转啊，跑啊跑啊，直到灯塔变成了地平线上一根小细针。谁都可以路过我的包，把我的啤酒喝完，可是没有人。海滩上空荡荡的，我在翱翔。

我父亲去世前总是抱怨他的胯骨疼。"疼死我了，"他说，"等你老了就知道了，全都散架了。"当时我只是微笑，因为他是对的，我们也常常是对的，不是吗？跟他预测的一样，他散架了。现在他是一堆粉末了，随风飘荡。

我可以骗你，说我能感觉到我父亲就在这儿。也许飘在附近的就是他的灵魂，他卷着裤腿，湿着脚踝，看着我，就像我爷爷一样看着我，确保我不出麻烦。可是这难道不是麻烦吗？我抬起头，看着褪成粉红色的天空和温柔拍打的海浪。我不知道还有没有比这更直白的麻烦了。

可是我想那时候我是爱他的，比任何时候都爱。因为他那时候是个人，像我们每个人一样身上满是毛病。现在他不在了，连可以撒的"他"也一点儿不剩了。袋子空了。詹姆斯在唱着什么今晚很孤独的歌，我今晚就很孤独。走了这么远，有什么需要我再沿路走回去的吗？没有。我只能回酒店，等着，等下一班渡轮，等它把我载回大陆。然后我还得继续等，等让我觉得不那么孤独的东西。可是我不知道要等多久。

我慢慢地走回灯塔，灌了几口啤酒。酒是温的，我把剩下的酒倒在沙滩上，看着它渗进湿湿的沙土里。我把空袋子塞进盒子，取下耳机，背起背包，在栅栏边找到鞋，穿进去。脚趾间的湿沙子粗粝地磨着我的脚。我脸上有一层湿气，我认识的纽约姑娘会把这叫作健康的脸色。

在大大的绿色垃圾桶前面我停了一下，手里是空空的骨灰盒。那里面还有一点点"我父亲"。要是这是电影或电视剧，主人公会对自己说："我该把它扔了吗？我能把这盒子扔掉吗？"等他放手，盒子掉进垃圾桶时，就是电影的尾声。一个沉默的告别。至于我，我已经完成了任务。就算我留着它，又能把它怎么办？放在我的咖啡桌上？当它在桶底发出声响时，我心中升起了一点儿愧疚，只有一丁点儿。

就在这时，我看见前面有个人影，橘红色，在沉下去的太阳余晖里闪着光。那是个老人，正一瘸一拐地走着，没注意到我，或者说我觉得他没注意到我。可是当他走到我这里，跟我擦肩而过时，我们的胳膊肘几乎碰到一起，他很小心地低下头，拉了一下帽檐，对我吹了一声口哨。

“到那儿时应该是
太阳开始落山的时候，
因为那是
人们通常撒骨灰的时间。
时间慢下来时，
行动就会变得比较有分量，
至少我是这么听说的。”

撰稿人

作家

Alice Cavanagh
Charlie Lee-Potter
Justin H. Min
Leigh Patterson
Lucy Brook
Robbie Lawrence
Sean Hotchkiss
Sheila Lam

摄影师

Anders Schønnemann
Carmen Chan
Claus Troelsgaard
Jake Curtis
Jonathan Gregson
Justin Chung
Mark Sanders
Matthew Johnson
Robbie Lawrence

艺术设计

Alison Elwin
Mathias Mons
Nathalie Schwer

插画师

Thomas Pullin

C E R E A L

readcereal.com